Satoshi Wagahara
Illustration ■ Oniku
和ヶ原聡司
イラスト■029

CONTENTS

ES!!

ep.2
勇者、趣味を探す p41
ep.3
勇者、勇者となった日を思い出す p85

魔王、ＰＣでＥＳを記入する

「また変なことになった!!　漆原、これ元に戻すのどうやるんだっけ!」

二〇二号室の六畳一間に真奥の悲鳴が上がって、漆原は思いきり顔顰める。

「今度は何!」

「何かアルファベットの大文字しか出なくなった!　漢字変換できない!」

「左の英数キー押しただろ!　なんで人差し指でキーボード凝視しながら打ってるのに余計なキー押せるんだよ!」

「余計なキーがあるのが悪い!　大体何でひらがな入力じゃなくてローマ字入力なんだよ!」

「みんなそうやってるんだから仕方ないだろ!」

「何でもかんでも電子だネットだで片付けやがって!　手書きの書類の何が悪いんだ!」

「うるさいなあ黙ってやれよ!　こっちは付き合って教えてやってんだぞ!」

「このＰＣ買ったのもお前がスキル得られたのも俺の金があってこそだろうが!」

「あーそういうこと言う!?　こっちもそれは分かってるから真面目に教えてやってるのに、そっちが真面目に覚えようとしないからいけないんだろ!」

「んがあああうるせえ!　無駄に難しいＩＴが悪い!」

真奥と漆原の言い争いは留まるところを知らない。

「今度は何の喧嘩なのよ」

「魔王が正社員登用研修を受けるだろう。提出するエントリーシートだかなんだかを、パソコンで入力せねばならないんだそうだ。だが魔王は別にパソコンには詳しくないから……」

二〇二号室で言い争いを壁越しに聞かされている恵美と鈴乃は、げんなりした顔になる。

「エントリーシートも履歴書も手書きさせろ!　ウェブ入力なんかやってられるか!」

「普通逆じゃないの、それ?」

悪魔の王の咆哮に、勇者は苦笑するしかなかったのだった。

はたらく魔王さま！ES!!

和ケ原聡司
イラスト■029
Satoshi Wagahara
Illustration■Oniku

魔王、重大な秘密を抱える

木崎真弓《きさきまゆみ》はスタッフルームでパイプ椅子に座ったまま微動だにしない真奥貞夫《まおうさだお》の後ろ姿を見つけた。

三日後のシフトに突如開いてしまった穴を埋める相談をしたいと考えていたが、真奥《まおう》の退勤時間はとっくに過ぎていたため、まだ残っていたことに胸をなでおろした。

「まだいたかまーくん、すまんが今ちょっとい……」

「ひゃあい!? とととと突然なんですか木崎《きさき》さんっ!?」

声をかけると、奇声とともに跳ね上がった真奥《まおう》は勢いでパイプ椅子を倒してしまう。

「…………いや、こっちのセリフなんだが、何か間が悪かったか？」

「えっ？　あっ。い、いや、悪いことはないんですけど、あの、その、なんすか？」

「……」

露骨に様子がおかしいが、木崎《きさき》は大したことはないと判断する。

何せつい三十分前まではいつも通りのテンションでごく普通に仕事をしていたのだ。

「あー、その、シフトの相談をしたくてな。急な欠員が……」

「わ、わ、分かりました！　入れておいてください出られますから！　失礼しますっ!!」

「お、おいまーくん!?」

日程も時間も聞かないまま二つ返事で了承した真奥《まおう》は、なぜか木崎《きさき》から微妙に距離を取りながら脱兎《だつと》のごとくスタッフルームを出ていってしまった。

かっていた。

真奥《まおう》と交代で入った千穂《ちほ》や恵美《えみ》ともほとんど言葉を交わさず帰ろうとして、自動ドアにぶつかっていた。

「何あれ。あいつ急にどうしたのかしら」

「わ、分かりません。凄《すご》く急いでたみたいですけど……」

恵美《えみ》も千穂《ちほ》も、三十分前とは全く異なる様子の真奥《まおう》に困惑を隠せない様子だ。

「スタッフルームで何かあったんですか？」

スタッフルームから出てきた木崎《きさき》に千穂《ちほ》が尋ねるが、木崎《きさき》は首を横に振るだけ。

「まるで分からん。が、随分長いことスタッフルームの椅子に座り込んでたみたいだ」

「勤務を上がるまでは普通にしてましたよね」

「でも、上がってから長い事ぐずぐずしてたみたいよね」

木崎《きさき》は真奥《まおう》にシフトの相談をするつもりだったことを思い出し、千穂《ちほ》の肩に手を置く。

「あ〜……ちーちゃん、頼んだ。シフトの穴をまーくんに埋めてもらいたいんだが、あのままじゃ任せられん」

「……はぁい」

仕事中の真奥《まおう》の様子がおかしいと、大体千穂《ちほ》に原因究明の御鉢が回ってくるのも、もはや恒例になりつつあった。

とりあえず仕事を上がるまではどうにもできないので、仕事を上がってから芦屋《あしや》か鈴乃《すずの》にでもアパートでの真奥《まおう》の様子を聞いてみようかと考えながら、てきぱきと仕事をこなす。
そして高校生の千穂《ちほ》が二十二時に仕事を上がり店を出たその瞬間だった。
「あれ？　芦屋《あしや》さん？」
まるで見ていたかのように千穂《ちほ》が店を出た瞬間に芦屋《あしや》から電話がかかってきて、千穂《ちほ》として
も丁度良かったので着信を取ると、
『夜分に申し訳ありません佐々木《ささき》さん、ちょっと急ぎお伺いしたいことが……実は魔王様のこ
となんですが』
「あ、丁度良かったです。実は私も真奥《まおう》さんについて聞きたいことがあって」
『そうなのですか？　実は魔王様の様子がおかしいのです。帰宅してからずっと部屋の隅に
蹲《うずくま》ってこちらと目を合わせてくださらなくて……』
「は、はあ？」
『何があったのか聞いても、いずれ分かるとか月曜まで待ってくれとか要領を得ないことばか
りで……仕事中、何かあったのでしょうか』
「いえ、仕事中は本当に何も……ただ、退勤してから帰るまでに何かあったみたいなんですけ
ど、実は何があったのか誰にも分からないんですよ」
『そ、そうですか』
「でも、月曜まで？　なんだろう。今日は金曜だから、三日後？」

木崎《きさき》の言っていたシフトを埋めたい日が月曜だった気がするが、真奥《まおう》は何も聞かずに飛び出してしまったらしい。

「あの、違う話なんですけど真奥《まおう》さんに伝えてもらえますか？　月曜の午前中のシフトに穴が空いちゃったらしくて、木崎《きさき》さんが真奥《まおう》さんに代わりに出てくれないかって言ってたって」

『月曜の午前中ですか。魔王様、木崎《きさき》店長が月曜の午前中にシフトに……えっ⁉　え⁉　どうされたんです⁉』

「芦屋《あしや》さん⁉」

『わ、分かりました分かりました！　あ、あの佐々木《ささき》さん、月曜の午前中だけはどうしても駄目だ、と物凄《ものすご》い剣幕で……』

「え、ええ？」

シフト入りを断るにしても、明らかに異常な態度だ。

『あの、こちらから電話をしておいて申し訳ないのですが、少しこちらで様子を見てみます。佐々木《ささき》さんの帰宅が遅くなってしまいますので、今日はこのあたりで』

「は、はい。それじゃあまた」

切れた携帯電話をバッグにしまってから千穂《ちほ》は腕を組んで首を傾《かし》げる。

明らかに真奥《まおう》の態度は異常事態だが、その発端は真奥《まおう》が仕事を上がってから木崎《きさき》に声をかけられるまでの十数分の間に、スタッフルームの中で起こったことだ。

「何か……すごく大したことじゃない気がする。少なくともエンテ・イスラが関わる話じゃないよね」

そしてそんな千穂《ちほ》の様子を、自動ドア越しに見つめていた恵美《えみ》は、また小さく溜《た》め息《いき》をついたのだった。

※

「で!? 魔王! 何隠してるの! 吐きなさい!」

「なんだよこんな朝早くに迷惑だ!! 何も隠してねぇよ大きなお世話だとっとと帰れ!!」

翌日の朝早く、ヴィラ・ローザ笹塚《ささづか》二〇一号室に真奥《まおう》が立て籠もり、玄関ドアを挟んで恵美《えみ》に責め立てられていた。

いや、家主なのだから立て籠もったはおかしいのだが、問題は同居している芦屋《あしや》と漆原《うるしはら》まで外に追い出されてしまっていることだ。

「隠してないわけないでしょ! あなた何か隠し事してるとすぐ態度に出るから丸分かりなのよ!」

「返す言葉も無い……」

「確かに真奥《まおう》って昔っから嘘《うそ》とか隠し事とか下手だよなぁ」

「芦屋《あしや》！　漆原《うるしはら》！　何しみじみ言ってやがんだ！　早く恵美《えみ》の奴《やつ》追い返せ！」

「いやあの魔王様、とりあえず洗濯物を干したいので中に入れていただけませんか」

「ついでに僕の寝床も返してほしいんだけど」

「何がお前の寝床だ！　俺が家賃払ってるんだから俺が押し入れで寝たっていいだろが！」

「なんなの？　まさか魔王、ルシフェルみたいに押し入れで寝てるの？」

「なぜか昨夜は頑《かたく》なにそう主張されて、な」

普段なら恵美《えみ》の暴挙に反抗する芦屋《あしや》も、真奥《まおう》の明らかな異常行動に戸惑い、素直に供述してしまっている。

魔王軍が見せるかつてない奇妙な行動に恵美《えみ》は怪訝《けげん》な顔をしつつ、ふっと力を抜いた。

「そ。まぁ魔王が引き籠もってるっていうのなら、勇者としても文句つける筋合いじゃなかったわ。邪魔したわね」

「ま、待てエミリア！　帰るのか！」

「何よアルシエル。あなたが私を引き留《と》めるなんて珍しいじゃない」

「い、いやその、なんとかならんか」

「魔王があなたとルシフェルにも話さないことを私に話すわけないでしょ。なんとかならんかって、なんともできないわよ」

「いや、まあそれはそうなのだが……」

「よく分からないけど月曜の朝になれば魔王的には何か解決するんでしょ。それまで引き籠もらせてればいいじゃない」

すげなく断る恵美《えみ》に芦屋《あしや》も力なく肩を落とすが、

「いや、待ってくれエミリア」

二〇二号室から現れた鈴乃《すずの》が恵美《えみ》を止めた。

「月曜までと言うが、あと二日もこのままだと私も困るんだ」

「どうして魔王が押し入れに入ってるとベルが困るのよ」

「……入れば分かる」

恵美《えみ》は首を傾《かし》げながらも素直に二〇二号室に上がると、鈴乃《すずの》が指し示す二〇一号室側の壁を見た。

「何よこの音」

これまで鈴乃《すずの》の部屋では聞いたことのない振動音がどこからか聞こえてくる。

「魔王の振動音だ」

「魔王の振動音って何よ」

恵美《えみ》はおうむ返しで突っ込んでしまう。

「昨夜からずっとこうなんだ。恐らく魔王は、押し入れに引き籠もってからずっと震えているらしいんだ」

「はあ？」

「昨夜もアルシエルやルシフェルと散々もめていたが、どうも何かに怯《おび》えているようなんだ」

真奥《まおう》が震えているところなど、空腹か冬の寒空に半袖で放り出されているタイミングくらいしか想像できない。

まして何かに怯《おび》えるなど、宿敵たる恵美《えみ》をして想像できない姿だった。

「……昨日の仕事上がりからお店を出るまでの十数分の間に、一体何があったっていうの？」

恵美《えみ》は木崎《きさき》に何か託されたわけではないが、真奥《まおう》が異常をきたした経緯はきちんと把握している。

だがそれだけに、スタッフルームで一体何があったのかまるで想像できなかった。

普段真奥《まおう》がスタッフルームでしていることなど、出勤と退勤で着替えをするか、休憩時間に雑誌を読んでいるかくらいだ。

「ともかく、この振動音があと二日も続くのは勘弁してほしいところなんだ」

振動音、と言うが、人体が震えている音なので延々貧乏ゆすりをしているようなテンポで音が続くため、こうして数分聞いているだけでもなるほど確かにストレスフルだ。

「気持ちは分かるけど、私だってなんであいつがこんなことになってるのか分からないのよ。千穂《ちほ》ちゃんなんか可哀《かわい》そうに、木崎《きさき》さんにあいつの尻ぬぐい頼まれちゃってるのよ」

「千穂《ちほ》殿は何か言ってなかったのか？」

「少なくとも、どうしてあんなことになったのか全く心当たりは無さそうだったわ」

「アラス・ラムスと何かあった、とか」

「んーん、ないよ」

指名されたからではないだろうが、アラス・ラムスがぱっと恵美《えみ》の傍《かたわ》らに顕現する。

「きのう、わたしずっとすずねーちゃといっしょだった」

「む、そう言えばそうか……そうなるとますます分からん」

「ぱぱー、だいじょぶ？　ぐあいわるい？」

アラス・ラムスが心配そうに壁に触れる。

「具合悪い……体調崩したのかしら。高熱が出たときって、体が震えたりするわよね。アルシエルやルシフェルに伝染《うつ》さないために自分から引き籠もった、とか……」

「どんな重症でも夜通し振動したりはしないだろう」

「かべぶるぶるしてる」

「振動でアパート壊れたりしない？」

「そうなれば志波《しば》殿に……あ」

「あ」

恵美《えみ》と鈴乃《すずの》は顔を見合わせ、二人の様子を玄関から覗《のぞ》き込んでいた芦屋《あしや》と漆原《うるしはら》は息を呑《の》んだ。

「魔王！　あんまりベルに迷惑かけるようなら志波《しば》さん呼ぶわよ！」

「待て！　待て！　分かった分かった！　開ける！　開けるから！」

付き合いが深くなってなお苦手とする大家の志波美輝《しばみき》の名は覿面《てきめん》に効いた。

恵美《えみ》の宣言に真奥《まおう》がじたばたと暴れる音がして、やがて二〇一号室の扉が開く。

「……悪いな、取り乱した」

「取り乱しすぎだけど……ちょっと、大丈夫なの？　本当に具合悪いんじゃないの？」

顔を出したら出したで文句を言ってやろうと構えていた恵美《えみ》だが、顔を覗《のぞ》かせた真奥《まおう》の顔色が想像以上に青かったため、つい体調を心配するようなことを言ってしまった。

「いや、心配ない。ちょっとな、心配事があってストレス溜《た》まったのかもな」

「……」

恵美《えみ》は全く信用していない。心配事はともかく、あの十数分でなんのストレスを溜《た》めたというのだ。

「なんだよそのつまらない嘘《うそ》つくなみたいなツラは」

「分かってるならつまんない嘘《うそ》つくんじゃないわよ」

「いや、本当になんでもないんだ。ただちょっと本当に慣れないことがあって色々考えすぎちまって……騒がせて悪いな。恵美《えみ》もアラス・ラムスも鈴乃《すずの》も。本当、月曜になったら多分色々解決するから……」

「なんなのよ。その月曜っていうのは」

「なんだっていいだろ！　俺も詳しいことはよく知らないんだよ！　でも普通に考えれば月曜なんだよ！」

「はあ⁉」

取りつく島もないとはこのことだし、話せば話すほど混迷の度合いは深まってゆく。

ここまで頑《かたく》なである以上、恵美《えみ》がどれだけ追及したところでこれ以上出てくるものはないだろう。

その後もアラス・ラムスと遊ばないかと誘ってみたり、鈴乃《すずの》がたまたま買っていた大福で釣ろうとしてみたりするも、真奥《まおう》は頑として心を開かず、結局芦屋《あしや》は諦めて買い物に行ってしまい、漆原《うるしはら》は二〇二号室から窓を伝って帰宅せざるを得なくなったのだった。

※

「そ、そんなことが……」

「ああ。日本の古代の神話かと思ったぞ」

その日の学校帰りに真奥《まおう》の様子を心配してヴィラ・ローザ笹塚《ささづか》を訪れた千穂《ちほ》は、朝の顛末《てんまつ》を鈴乃《すずの》から聞いて呆《あき》れて良いやら心配して良いやら分からずぽかんとしてしまう。

「なんですか、神話って」

「神々の王が岩陰に隠れてしまったので、皆で踊ったりパーティーをしたりして機嫌を直してもらい外に連れ出そうと努力する、みたいな話があっただろう」

「遊佐《ゆさ》さんみたいなこと言いますけど、天《あま》の岩戸《いわと》のお話と悪魔の王様がよく分からない理由で押し入れに引き籠もって震えてる話を一緒にしちゃ駄目だと思います」

朝ほどではないが、どうやら今も真奥《まおう》は押し入れの中にいるようで、時折二〇一号室に振動が伝わってくる。

「千穂《ちほ》殿も原因は分からんのだな」

「正直、こんな探りようがないのは初めてです。今まで真奥《まおう》さんの様子がおかしいときって、アラス・ラムスちゃんがいなくなっちゃったとか、遊佐《ゆさ》さんと同僚になりたくないとか、分かりやすく人間関係のトラブルが多かったじゃないですか」

「まぁ確かにな」

鈴乃《すずの》も今更魔王と勇者とその娘の関係性を人間関係と表現することに突っ込んだりしない。

「ただ今回は本当に直前まで何も無かったんですよ。シフトの関係で私と真奥《まおう》さん、一時間くらいしか被《かぶ》ってなかったんですけど、いつも通りテキパキ働いてましたし、遊佐《ゆさ》さんともまぁいつもの調子でやり合って、帰る時も芦屋《あしや》さんに頼まれた買い物があるとか言ってて……で、スタッフルームから出てきたらあの有様ですから」

「つまり密室で何かが起こった、と。例えば他の御同僚と何かトラブルがあったとか」

「それもあり得ないんです。あの時間に退勤したのは真奥《まおう》さんだけ。前後一時間に出勤したのは私だけ。真奥《まおう》さんがスタッフルームに入ってから木崎《きさき》さん入るまで中には真奥《まおう》さんしかいなかったんです」

「む、むう……」

「だからもうあとは、着替え終わって帰ろうとしたら志波《しば》さんから急に電話がかかってきてアパートの家賃が倍になるって言われたとか、それくらいしか想像できることがなくて。こんなこと言ったら志波《しば》さんに悪いですけど、真奥《まおう》さんがこんなに怖がる相手って、志波《しば》さんくらいしかいないでしょう?」

真奥《まおう》は日本に来てからずっと、ヴィラ・ローザ笹塚《ささづか》の大家である志波《しば》をとにかく恐れていた。どんな強敵であっても屈することなく立ち向かい、あらゆる絶望にも抗《あらが》ってきた悪魔の王も、その配下も、なぜか志波《しば》相手にだけは心底恐怖を覚えるらしい。

ただ千穂《ちほ》や鈴乃《すずの》から見れば、志波《しば》は確かに日本の人間らしからぬ奇妙な力を持ってはいるが、少し大柄な貴婦人というだけの人物だ。

「まぁ、そう、かもしれないが、それだと『月曜日になったら』というのが分からんぞ」

「ああ……そういえば」

「それに失礼な話ではあるが、志波《しば》殿を恐れているならアルシエルやルシフェルにも頑《かたく》なに事情を話さないのも変な話だ。あの二人も同じく志波《しば》殿を恐れているのだからな」

「確かに……うーん。なんだろう、月曜日、月曜日……あ、ごみの日？」

「燃えるごみの日だな」

鈴乃《すずの》は冷蔵庫の脇に張ってあるごみ収集の日程表を見る。

「スタッフルームで何かとんでもない物を見つけて怖くなって持って帰ってしまい、燃えるごみの日に捨てて事なきを得ようと……ううん、無理がないか？」

「無理だらけですね……変なもの見つけちゃったとしても店にほっとくなり木崎《きさき》さんに言うなりすればいいんですもんね」

「ああ。何よりあの魔王が『何かを極度に恐れている』という要素はよほどのことが無ければ発生しない事態だぞ」

「ですよね……真奥《まおう》さんが怖がる志波《しば》さん以外のこととなると、あとはお金関係くらいしか……あ!!」

そのとき千穂《ちほ》が悲鳴を上げ、それに驚いたのか押し入れの中の真奥《まおう》もごとりと動いた。

「ま、まさか大きな借金をしたとか……!? 月曜までになんとか返済の目途を立てないとと思って思いつめてたり……」

「大きな借金をしているなら魔王はもっと長い時間動揺しているだろう。少なくとも千穂《ちほ》殿や木崎《きさき》店長に気づかれないほどの平常心で働いていた、ということはないはずだ」

「た、確かに……」

ないはずだ、と断言されてしまうのも悲しいが、真奥《まおう》は金のこととなると分かりやすく動揺が表に出る。だからこそ借金説は否定せざるを得ない。

「だが、金という視点は悪くないな。借金とまではいかなくてもな」

「え？」

「税金、ということはないか？」

「ぜ、税金ですか？」

「ああ。住民税所得税。或《ある》いは健康保険料や年金なども税金とみなしていいが、とにかく公に納めるべき金を納め忘れていたことを思い出して慌てふためいている、というのはどうだ。アルシエルに頼まれていたのに忘れてしまっていたので小言を言われたくなくて言い出しづらい。うっかりミスをからかわれたくなくてエミリアにも言えなかった、というのは」

「な……るほど」

「月曜の午前中に解決する、というのもこの案なら通るぞ。銀行の窓口に、金曜の夜やこの土日では行けないからな」

今までの説の中では現状にぎりぎりマッチする仮説だ。

「私、税金って実はよく分かってないんですけど、今の時期に納めるものなんですか？」

「私もそこまで詳しいわけではないが、健康保険や年金は何回かに分けて納めることができるし、住民税も確か何期かに分けて納められるのではなかったかな」

「それって高いんですか？」

「私や魔王の暮らしぶりならそこまで高くはならん。私はやったことがないが、分割払いならコンビニで納付でき……ん」

そこまで言って、鈴乃《すずの》は表情を曇らせた。

「知らない、ということか？　いや、書類に直接書いてあるからそれはないか。となると、実は納められないほどの額？」

「鈴乃《すずの》さん？」

「……いや、コンビニ納付をするならあそこまで月曜に固執する必要は無いかと思ってな」

「コンビニ納付できることを知らないとか？」

「いや、納付書にコンビニ納付できることが書いてあるんだ。専用のバーコードも印字されているから知らないというのは考えづらい。となるとあとは……コンビニ納付ができないほど高額、ということになるな」

「それは無いんじゃないですか？」

「そうだな。無いな」

高額納付はあり得ないと断じられてしまうのも、悲しい話だった。

「でも金額が多いと納付断られちゃったりするんですか？」

「ああ。納付書にそういう解説が書いてある」

「そ、そうなんですねー」

異世界の人間である鈴乃《すずの》に日本の納税システムを教えられることに千穂《ちほ》は若干の恥ずかしさを覚える。

アルバイトの給与明細で所得税が天引きされているのを見たことがあるが、そういうもの、としか考えなかった自分を恥じ、鈴乃《すずの》が今言った話を携帯電話で検索してみる。

「ああ、これのことですか？　コンビニでの決済上限額」

「そうだ、これだこれだ。確か税金も通販などの支払いも、上限額は三十万円……」

そのときだった。

これまでで最も激しい音が二〇一号室の押し入れから発せられた。

「ま、真奥《まおう》さん⁉」

「な、なんだ今の音は⁉」

何かが落ちたか壊れたとしか思えない音なのだが、真奥《まおう》が引き籠もっている押し入れの上段で一体何が起これば今の音が出るというのか。

「魔王様⁉　一体何事ですか⁉」

「ちょっと！　僕のゲームとかPCパーツとか壊さないでよ!?」

芦屋《あしや》と漆原《うるしはら》はもっと驚いたようで、驚いた声が二〇二号室まで響いてくる。

「な、なんでもないっ！　なんでもないから気にすんな！」

真奥《まおう》が大声で言い訳するが、鈴乃《すずの》側と芦屋《あしや》側、どちらに言っているのか分からない。鈴乃《すずの》は立ち上がると壁を叩《たた》く。

「いい加減にしろ魔王！　一体なんなのだ！　あまり近所迷惑を考えないようなら本当に志波《しば》殿に仲裁を頼むぞ！」

するとまたごとごとと何かが動く音がして、やがて二〇二号室の呼び鈴が鳴る。

ドアを開けるとそこには顔面蒼白《そうはく》の真奥《まおう》がいて、鈴乃《すずの》に深々と頭を下げていた。

「ま、魔王……」

その様子が吹けば飛びそうなほど頼りなく見えてしまい、文句を言ったにもかかわらず鈴乃《すずの》はつい責める言葉を失ってしまう。

「すまん……もし、今の俺が大家さんに会ったら……マジで、死ぬかもしれんから、頼む、それだけは……」

「今自分がおかしなことをしているのは自覚しているな？」

「ああ……」

「アルシエルやルシフェル、千穂《ちほ》殿はもちろん、一応私もエミリアも何があったのか心配しているんだ。何を恐れているのか知らないが、本当に一体何があったんだ」

「それは、その……すまねぇ、まだ話す決心が……こんなこと、どう話したらいいか……」

「……何か、お前が窮地に立たされているような話か？　何か困っているのなら、せめてアルシエルにくらい相談すればいいだろう」

体調不良に鈴乃《すずの》の真摯な呼びかけが効いたのか、真奥《まおう》は狼狽《うろた》えたように首を振った。

「い、いや、困ってるっていうか、考え方次第じゃむしろ良《い》い話というか……」

「は？　良《い》い話？」

「いや、実質的には良《い》い話なんだが、でも、もし誰かに知られたら面倒事が起こるってよく聞くし」

「あぁ？」

「もし話す機会を間違えたら、芦屋《あしや》が心臓麻痺《まひ》起こすかもしれないし、漆原《うるしはら》が調子に乗るかもしれないし、事によると恵美《えみ》からまたいらん疑いかけられるかもしれないし」

「はあぁぁ？」

折角話し始めたというのに、どんどん話が分からなくなってゆく。

マグロナルドのスタッフルームにいる短い間に起こり、考え方次第では良《い》い話なのに押し入れに引き籠もるほど怯《おび》えねばならず、話を聞いたら芦屋《あしや》を驚かせ漆原《うるしはら》を調子に乗らせ恵美《えみ》に疑念を抱かせ、月曜まで待たねばならないこと。

鈴乃《すずの》はもちろん、固唾《かたず》を呑《の》んで様子をうかがっている千穂《ちほ》も芦屋《あしや》も漆原《うるしはら》も全く思い至らなかった。

「ちなみにお前の予想では、私や千穂《ちほ》殿はどう反応すると思うんだ」

「お前とちーちゃんは……多分、驚くだけだと思う」

「あぁ!?」

「お前は『良かったじゃないか』くらいのことは言うかも……ちーちゃんは、もしかしたらちょっと安心してくれるかもむぐっ!!」

鈴乃《すずの》の堪忍袋《かんにんぶくろ》の緒が切れた。

「吐け」

「ちょちょちょちょっと鈴乃《すずの》さんっ！　暴力は駄目です暴力は!!」

真奥《まおう》の胸倉を摑《つか》んだ鈴乃《すずの》を、千穂《ちほ》は慌てて止めに入った。

「いつまでこんななぞなぞを続けるつもりだ。こっちには生活上の実害が出ているんだ。アルシエルとエミリアに伝えづらいことで私や千穂《ちほ》殿が気にしないことなら私達に吐け。問題が無いように伝えてやる」

「い、いやでも、あんまり人に言って良《い》いことじゃなくて……」

鈴乃《すずの》や千穂《ちほ》が聞けば良かったと思うことなのに、人に言って良《い》いことではないという条件まで加わってしまい鈴乃《すずの》はいよいよいきり立つ。

「この期に及んで何も言うつもりが無いならせめて普通に過ごしていろ!!」

このまま真奥《まおう》を締め上げそうな鈴乃《すずの》を千穂《ちほ》が本気で止めようとしていたそのときだった。

「あらごめんください真奥《まおう》さんと鎌月《かまづき》さん。ちょうどようございましたわ。実は二週間後に急《きゅう》遽《きょ》水道設備の点検が入りまして……あら？」

「あ」

「あ」

「ああっ」

「あ～ぁ……」

共用廊下のドアを開け放ち黄金色のパーティードレスに身を包んだ光り輝く大家、志波美輝《しばみき》が現れ、その瞬間鈴乃《すずの》に胸倉を摑《つか》まれていた真奥《まおう》は泡を吹いて失神してしまった。

「あれ？」

そのときだった。

千穂《ちほ》は真奥《まおう》の足元に、何か落ちているのを見つける。

それは、千穂《ちほ》も見覚えのある特殊な封筒だった。

その瞬間、千穂《ちほ》の頭の中でこれまでの情報が音を立てて合体してゆく。

情報がまとまってゆく度、これまでの真奥《まおう》の態度や言動の異様さの整合性に合点《がてん》がいき、そして。

「え、えええええっ!? ま、ま、真奥《まおう》さん、ま、ま、まさか!!」

千穂《ちほ》は目を見開いて叫んでしまった。

そして叫んでしまった自分があまりに不用意であることにも気づき、必死で心を落ち着かせる。

「あ、あ、あ、芦屋《あしや》さん！ その、志波《しば》さんの話を伺ってください！ す、鈴乃《すずの》さん！ 真奥《まおう》さんを横にさせてあげて……！ こ、これ、持たせてあげないと、ま、真奥《まおう》さんももしかしたら死んじゃうかも……！ そ、そうだ！ 漆原《うるしはら》さんはちょっと外に出てください！」

「は、はあ!? 何を言ってるんだ千穂《ちほ》殿？」

「ど、どういうことなのですか佐々木《ささき》さん！」

「なんで僕が追い出されるんだよっ！ 外ってどこに行くのさ！ おいっ！」

「……何か、お取り込み中でしたか？」

志波《しば》は嫣然《えんぜん》と微笑《ほほえ》みつつも、珍しく戸惑ったように目を瞬《またた》かせたのだった。

※

「それで……一体どういうことなのですか」

「私とアルシエルにだけ聞かせられて、ルシフェルに聞かせられないとはどういうことだ？」

千穂《ちほ》は二〇一号室に真奥《まおう》を横たえ、漆原《うるしはら》を部屋から追い出して鈴乃《すずの》の部屋に閉じ込めると、芦屋《あしや》に全ての窓を閉じるよう厳命する。

浅い呼吸のまま気絶している真奥《まおう》を労《いたわ》し気に見ながらも、千穂《ちほ》も冷や汗を浮かべ、緊張の面持ちだ。

「私、分かったんです。真奥《まおう》さんが、どうしてこうなっちゃったのか……もし私が同じ立場だったら、怖くて真奥《まおう》さんと同じことしたかもしれません」

「ど、どういうことです？」

芦屋《あしや》の問いに、千穂《ちほ》は先ほど真奥《まおう》の足元から拾い上げたものをすっと差し出した。

それを見て芦屋《あしや》も、そして鈴乃《すずの》もあっと息を呑《の》み、目を見開く。

千穂《ちほ》と同じようにそれを見た瞬間、真奥《まおう》の不審な態度の全てに合点《がてん》がいったのだ。

「もしかして……真奥《まおう》さん、宝くじに当たったんじゃありませんか？」

それは、年末に販売された、大型宝くじの封筒だった。

「考えようによっては良いことで、でも他人に言うことではなく、私や千穂《ちほ》殿が聞けば良かった、安心したと思い、アルシエルが聞けば驚きのあまり心臓麻痺《まひ》を起こし、ルシフェルが聞けば調子に乗り、エミリアが聞けば余計な疑いを抱くかもしれないこと……」

「そ、そそそ、そ、そ、そして、げ、げげ、月曜にならないと、解決し、しないことというと、つ、つつつ、つまり」

芦屋《あしや》は既に平常心を保てていない。

「高額当選、ってことです」

千穂《ちほ》が厳かに言い、

「こ、こ、高額？　う、うう……うぷっ、ど、動悸《どうき》が……う、ぐぐ、お、おえっ」

芦屋《あしや》は早くも心臓麻痺《まひ》を起こしそうになっている。

鈴乃《すずの》はしばらく携帯電話を睨《にら》んでいたが、やがて大きく溜《た》め息《いき》をついた。

「なるほどな。当選金が五万円以下なら宝くじ売り場で換金できるが、それ以上の当選金は、平日に銀行の窓口に行かなければ受け取れないそうだ。だから月曜の午前中にあれほどこだわっていたのか」

「真奥《まおう》さんが大金を持つようになったら、遊佐《ゆさ》さんが余計な心配しちゃうんじゃないかっていうのも分かりますし、漆原《うるしはら》さんは無駄遣いが加速しちゃうかもしれない。高額当選は人に言うと色々トラブルを招くでしょうし……」

「そ、それで、い、い、一体い、いくらの、と、当選を……」

芦屋《あしや》が息も絶え絶えにそう言うと、三人の視線は宝くじの封筒に集まる。

当然だが真奥《まおう》の手によって開封済みだ。厚みからいって、連番かバラの十枚入り。

何等の当選かは、くじの番号を見て芦屋《あしや》がスリムフォンで検索すればすぐに分かるだろう。

「まずは真奥《まおう》さんを起こしませんか？　さすがに私達が勝手に見るのは、真奥《まおう》さんに悪いですし」

「む。それもそうか。だがどうやって起こす？」

「危ないんで、少し離れててください」

千穂《ちほ》は鈴乃《すずの》と芦屋《あしや》を下がらせると、苦悶《くもん》の表情で気絶している真奥《まおう》の耳にそっと口を寄せた。

「……真奥《まおう》さん、宝くじ、当たったんですか」

「ぬわぁぃっ⁉」

瞬間、真奥《まおう》はかっと目を見開き天井に突っ込むのではないかと思うような勢いで跳ね起きた。

「あ、た、た、な、なんっ……なんで……たか、あ……ああ……⁉」

真奥《まおう》は周囲の状況と自分を見つめる千穂《ちほ》と鈴乃《すずの》、息も絶え絶えの芦屋《あしや》、そして自分と三人の間に置いてある、宝くじの封筒を見つけて目を剝《む》いた。

「み、み、み、みみみみ、見た？」

「勝手に見たりしませんよ」

千穂《ちほ》は封筒を真奥《まおう》の方に差し出した。

「ただ、あんまり変なことばっかりしてると周りも迷惑しますし、一緒に買った誰かに気づかれてあちこち言いふらされちゃうかもしれませんよ」

「な、なんで、人と一緒に買ったことを⁉」

「分かりますよ。いつだったかみんなでご飯食べてるときにそんな話になって、芦屋《あしや》さんが宝くじを買うなんてとんでもないみたいなこと言ってたじゃないですか。連番でもバラでも十枚で三千円。真奥《まおう》さんが出来心で芦屋《あしや》さんに内緒で買うには、ちょっと高いかなって」

「うう」

「はぁ……」

鈴乃《すずの》は図星を突かれた様子の真奥《まおう》を見て、千穂《ちほ》の慧眼《けいがん》に舌を巻いた。

「かといって今の真奥《まおう》さんなら買えない額でもない。だったらアシエスちゃんとか天祢《あまね》さんとか、もしくはカワっちさんとか、真奥《まおう》さんが普段付き合いのある人の中で、真奥《まおう》さんにノリでそういうことさせそうな人と一緒に勢いで買ったんじゃないかなって」

「天祢《あまね》さんと、アシエスと、飯食いに行ったときに……天祢《あまね》さんがなんか酔っぱらって十セットくらい買って、俺も付き合いでついその連番を……」

何から何まで見抜かれていることに諦めがついたのか、真奥《まおう》は素直に自白した。

「買ったのしばらく忘れてて……買ったときもバイト帰りだったからトートバッグに入れっぱなしになってて、たまたまスタッフルームに当選結果の載ってる雑誌があったから、思い出して、その、一万円くらい当たってねぇかなって、確かめてみたら……」

全ての謎は解けた。

千穂《ちほ》は小さく嘆息し、鈴乃《すずの》は居心地悪そうにそわそわし、芦屋《あしや》は箸が転がっただけでも死んでしまいそうなほどに痙攣《けいれん》している。

「それじゃあ、私と鈴乃《すずの》さんは失礼しますね。あとは芦屋《あしや》さんと二人で話し合ってください。あ、でも鈴乃《すずの》さんに迷惑かけた分は、お詫《わ》びしないと駄目ですよ？」

千穂《ちほ》は鈴乃《すずの》を連れて二〇一号室を辞そうとする。

「ん、む、そ、そうか」

鈴乃《すずの》は少しだけ何等の当選なのか気になっているようだが、他人が魔王軍の金の話を聞くのも確かに下世話だと考えを改め、素直に千穂《ちほ》の後に続いた。

「……いや、二人とも待ってくれ」

「え？」

「……バカやってたのは俺だが、多分二人とも、恵美《えみ》にあったら俺がこうなってた理由、言っちまうだろ」

「誰にも、遊佐《ゆさ》さんにだって言ったりしませんよ」

「そうだ、見損なわないでもらいたい」

「……いや、恵美《えみ》相手は別だ。あいつ一人ハブると後々いらん追及が入って面倒になる気しかしないし、二人とも恵美《えみ》に面倒な秘密抱えたくないだろ。聞いていってくれ」

「ま、まままま魔王様っ!?　い、い、いいい、一体いくら、いくら……いくらっっ」

「落ち着け落ち着け芦屋《あしや》。すまねぇ、心配かけた。こうなっちまったら俺も腹を括《くく》る」

「「っ……」」

聞かない、とは言ったものの、現実には見たことも聞いたこともない高額当選の話。千穂《ちほ》も鈴乃《すずの》も思わず固唾《の》を呑み、そして真奥《まおう》は意を決して口を開いた。

「実はな……今回の当選は……」

「ま、魔王……様……」

もはや芦屋《あしや》に死相が見え始めているが、真奥《まおう》は言い切った。

「………一等」

「さささささっさっさささささささささっさささささささささささんおくぅぅっ⁉」

「あ、芦屋《あしや》さんっ⁉」

「大丈夫かアルシエル！　救急車を呼ぶか⁉」

芦屋《あしや》が吹き飛んだ。

千穂《ちほ》と鈴乃《すずの》が慌てて駆け寄ると、芦屋《あしや》はひきつけを起こしてがくがくと震え視線が定まらなくなってしまっている。

そして真奥《まおう》は……。

「一等……一等の……」

「「………の？」」

あるべきではない助詞がついて、千穂《ちほ》と鈴乃《すずの》は首を傾《かし》げた。

「一等の……一等のな……」

※

「宝くじの一等の組違い賞ぉ〜？」

「しー!!　遊佐《ゆさ》さん！　声が大きいですよ！」

翌日のマグロナルドのスタッフルームで千穂《ちほ》から真実を知らされた恵美《えみ》は、一回叫んだあと、複雑な色の溜《た》め息《いき》をついた。

「や……どうせロクでもないことだとは思ってたけど……こんなのどう反応すればいいのよ」

恵美《えみ》は一応は本気で驚いたものの、続いて湧き上がった感情は、どうしようもない徒労感と諦念だった。

「じゃあ何？　魔王が？　宝くじに当たって？　それが高額だったから人に知られたりするのが怖くなってあんな情けないことしてたっていうの？」

「組み違い賞だったっていうのも大きいと思います。本物の一等が三億円なのに、組み違い賞になると三十万円ですからね。もちろん三十万円だって十分高額ですけど……」

鈴乃《すずの》と千穂《ちほ》がコンビニでの税金納付をする際の上限金額について話しているとき、真奥《まおう》が謎の爆発を起こしたのも、三十万円という額が聞こえたためだったらしい。

「下手したらアルバイトのお給料二、三ヶ月分ですもんね。でも人生が変わるほどの大金ってわけじゃないし、三億円と比べるとなんだか損した感もあって、でも組番号以外は一等と同じだからどこか諦めがつかなくて、で、宝くじに当たったなんて人に知られたら面倒だから誰にも言えなくて……はぁ……何よそれ」

呆《あき》れる反面、もし自分が同じ立場に置かれた場合、真奥《まおう》ほどではないにせよ挙動不審にならずにいる自信は無い。

恵美《えみ》は額に手を当てると、しばし瞑目《めいもく》した。

「何よそれ」

「……遊佐《ゆさ》さん？」

「なんでもないわ。もし私に知られたら余計な疑念が、なんて言われてたのがちょっと心外なだけ」

「じゃあなんとも思わないんですか？」

「そんなわけないでしょ。実は本当に三億円が当たってて、夜逃げする算段してるんじゃないかってとりあえず言いがかりをつけるわよ」

「なんですかそれ」

恵美《えみ》の言い方に千穂《ちほ》は思わず笑ってしまう。

そのときスタッフルームのドアが開いて、木崎《きさき》が顔を出した。

「三億円がどうとか聞こえたが、誰か宝くじでも買ったのか？」

「いえ、当たったらいいな、って話です」

「あんなもの買うだけ無駄だぞ。何度買ったって三百円しか戻ってこない」

木崎《きさき》もどうやら、買うことは買っているらしい。

「そんなことより月曜の午前中にシフトに穴が空いた件なんだが、珍しくまーくんが入れなくてな。ちーちゃんは学校がある時間だから無理だが、さえみー、入れたりしないか？　四時間ほどなんだが」

「いいですよ。それくらいなら入れます」

悪魔の王が銀行で大金を受け取ろうとする時間に、勇者は躊躇《ためら》いなく臨時のシフトを入れた。

その躊躇《ためら》いの無さに千穂《ちほ》はまた少し微笑《ほほえ》む。

「悪いな助かった！　よし、これでなんとか月曜は……」

木崎《きさき》はいそいそと出ていってしまい、それを見送った二人は顔を見合わせる。

「良かったんですか？」

「いちいち聞かないで。あーもう、心配して損したわ。仕事前に聞くんじゃなかった」

恵美《えみ》が話題を振りきるように立ち上がると、ちょうどそこに真奥《まおう》が出勤してきた。

「あ……」

「おはよ」

恵美《えみ》と顔を合わせて狼狽《うろた》える真奥《まおう》に対し、恵美《えみ》は全く気にもしていない様子で朝の挨拶をすると、バイザーを被《かぶ》って千穂《ちほ》より一足先にスタッフルームを出た。

何も言われないことに逆に狼狽《うろた》えている真奥《まおう》をしり目に店に出た恵美《えみ》は、誰にも見られない場所で小さく苦笑した。

「本当、心配して損したわ。……よし」

そして一つ大きく息を吐くと、心機一転、何事も無かったかのようにキッチンに向かったのだった。

「おはようございまーす」

こうしてまた、勇者の新しいいつもの一日が始まるのだった。

勇者、趣味を探す

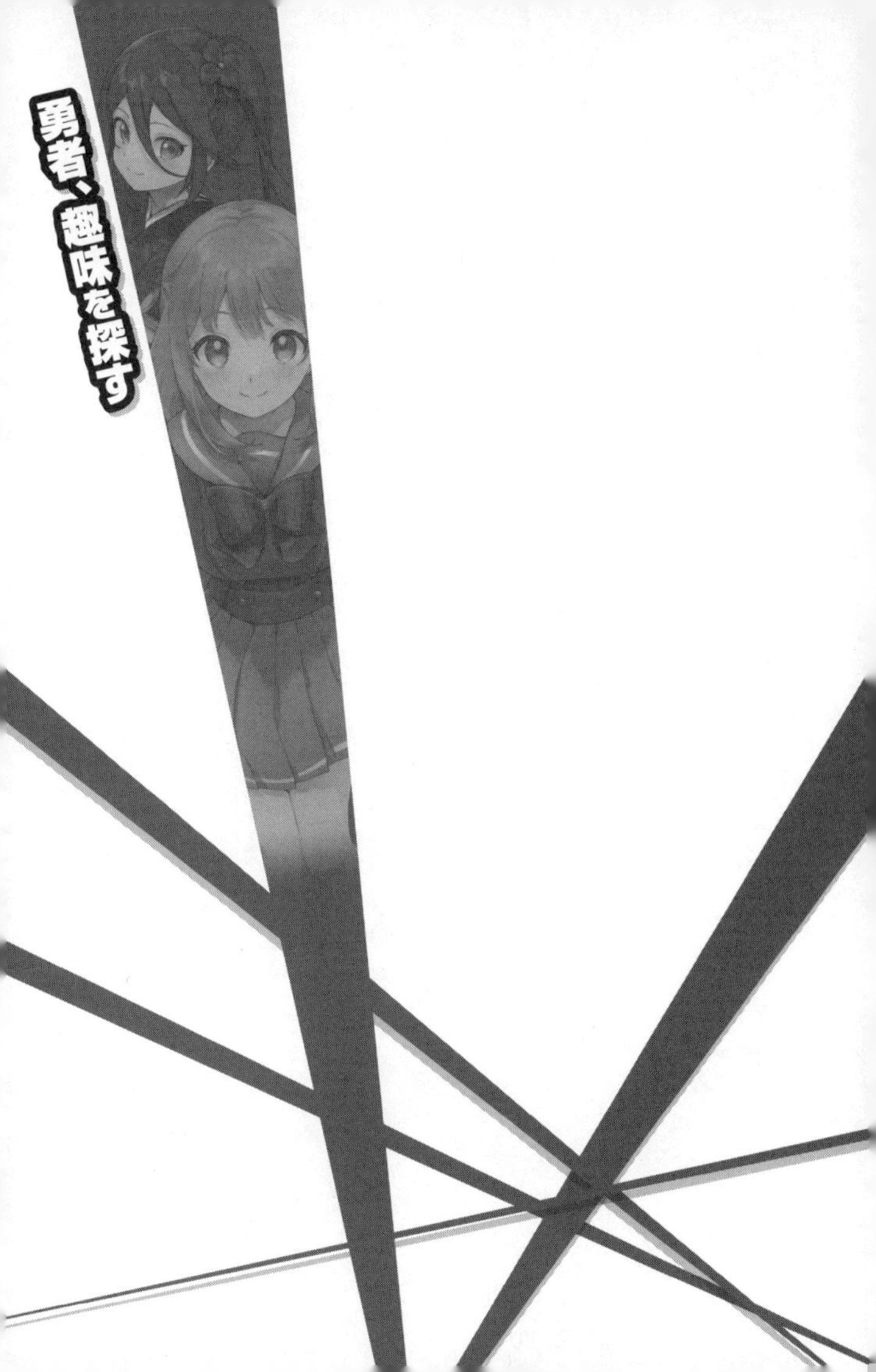

恵美《えみ》の休憩の時間が他のクルーと重なることは滅多にない。

もともと恵美《えみ》がマグロナルド幡《はた》ヶ《が》谷《や》駅前店《えきまえてん》に入れたのも、その直前に主力となるアルバイトクルーが大勢抜けたため、大々的に新人募集がかけられたからだ。

結果的には恵美《えみ》含め、抜けた人数と同じ数の新人が入りはしたが、だからと言ってこれまでのようにシフトが綺麗《きれい》に埋まるわけではない。

特に、かつて真奥《まおう》の新人研修を担当し、真奥《まおう》と並ぶ店長代理だった前野《まえの》という女性の退職の穴は大きかったらしく、恵美《えみ》を含めた新人は未《いま》だ前野の穴を埋めるに至らない。

そのため現状では新人が長時間のシフトに入るとき、交代で一人ずつ休憩を取ることが多く、恵美《えみ》も大体は一人で休憩時間を過ごしていた。

「あれ？　さえみーも休憩？」

「明子《あきこ》さん。珍しいですね」

だがこの日は先輩クルーである大木明子《おおきあきこ》と恵美《えみ》が同じ時間に休憩に入った。

「久々に今日シフト厚いからかな。岩城《いわき》新店長と木崎《きさき》さんが重なってるし」

「社員二人のときって、逆にシフト薄そうですけど」

「今日だけだと思うよ。岩城《いわき》新店長に現場の引継ぎとかしてるんでしょ」

明子《あきこ》はバイザーを脱ぐと一度更衣室に入り、すぐに自分の荷物らしき物を手にスタッフルームに戻ってきた。

「ちょっとごめん、色々広げるね」

そしてテーブルのスペースを広くとると、何やら書類を広げ始めた。

「大学の課題ですか？」

「んー、まぁそんなとこかな。そんなとこか？　分かんないけど」

明子《あきこ》は適当な返事をしながらボールペンを取り出すと、真剣な目で書類に取り組み始めた。

邪魔してはいけないと考えた恵美《えみ》は、

「私、ちょっとコンビニに行ってこようと思うんですけど、明子《あきこ》さん何か買い物あります？」

「あー、大丈夫よー、ありが……や、もしノーソン行くなら悪いんだけどゴリコのカフェオレ一本買ってきてもらえる？」

「あの不思議な形のやつですね」

「そーありがと。急がなくていーから」

「分かりましたー」

恵美《えみ》はそう言うと上着だけ羽織って店を出て同じ駅前商店街の中にあるコンビニに入ると、明子《あきこ》のカフェオレと、最近マンネリ化しているアラス・ラムスの夕食に革命を起こすべく、料理・生活系の雑誌を一冊手に取った。

「なんとか鮭《さけ》以外のお魚食べてほしいんだけどなぁ。あとここのところ急に野菜の好き嫌いが増えた気がするし……」

恵美《えみ》が手に取ったのは、スーパー家政婦の肩書でテレビに出演し、急激に知名度を伸ばしている料理研究家が監修している雑誌だった。

誰にでも、ネットや料理本のレシピを参考に料理をしようとしたが、必要な食材を揃《そろ》えられなかったり、逆に余らせて持て余してしまったりした経験があるものだ。

だがこの料理研究家の記事は、必要な食材が揃《そろ》えられない場合の代替食材や調味料、代替品すら無い場合調理法そのものを大胆に変えるフローチャートが掲載されており、しかも揃《そろ》えた食材で次に何を作れるかの指針まで書いてある。

神討ちの戦いで何かと多忙を極める恵美《えみ》は、エンテ・イスラでアラス・ラムスの夕食を作らなければならないこともある。

その場合、概念送受《イデアリンク》で日本と電話はできても日本のインターネットとは接続できないため、このような紙のレシピ本は、恵美《えみ》の生活に欠かせない資料なのだ。

「これでまた、しばらくは献立に困らないで済むかな」

雑誌と、明子《あきこ》に頼まれたカフェオレ。それから自分用のコンビニコーヒーを買って、恵美《えみ》はコンビニを出る。

店に戻って、スタッフルームの扉を静かに開けると、書き物を続けている明子《あきこ》の横にカフェオレを差し出した。

「明子《あきこ》さん、カフェオレどうぞ」

「わーありがとー！　これ、お金」

百三十八円のカフェオレに対し、明子《あきこ》は百五十円を差し出した。

「お釣りあります」

「いーよ。寒い中わざわざ行ってくれたんだからそれくらい」

「そうですか？」

恵美《えみ》は百五十円を受け取ると、明子《あきこ》のはす向かいの椅子に腰かけ買ってきた雑誌を広げ読み始める。

そのまま十五分程度の時間が経過し、恵美《えみ》がこの日の夕食にはんぺんを採用しようと考えたときだった。

「さえみーって、料理好きなの？」

明子《あきこ》が急に話しかけてきた。

「え？　どうでしょう、あんまり好きか嫌いで考えたことなかったですけど」

「や、結構しっかりした料理雑誌なんか読んでるからさ。それ、最近テレビで有名になった人がメインの号でしょ」

「ああ……いや、まぁそうですね」

明子《あきこ》は、恵美《えみ》が『娘』と一緒に暮らしていることを知らない。

これははっきり言えば趣味ではなく生活必需行動なのだが、それを言うわけにもいかないので曖昧に答えるしかなくなる。

「私の周り、料理ができる人が結構いるんで、話についていくため？　みたいな」

「あーそうなんだ。どういうもの作るの？」

「そうですね。今日ははんぺん作ろうかと」

「……はんぺんて家で作れるもんなの？　え、何それすげぇ本格的じゃん？」

「そ、そうですか？」

はんぺんは最近、エンテ・イスラでよく作っているのだ。

エンテ・イスラの魔王城の食材の中に山芋に似た品種が持ち込まれていたため、ネットや本で得たレシピを参考にエンテ・イスラの魚や卵を用いて作ってみたところ、アラス・ラムスはもちろんのこと魔王城に詰めている騎士達にも好評だった。

「そこまでいけば立派な趣味とか特技じゃん」

「特技だなんて、ただやり方を見てやってみただけですよ」

「私はやり方見たってやろうと思わないもん。あー、本当、これいつも悩む。さえみーさ、うちの店入るとき、履歴書に趣味ってどう書いた？」

そう言うと明子《あきこ》は、とつぜん恵美《えみ》に向けて履歴書を差し出してきた。

それを見て、恵美《えみ》は目を見開く。

「えっ⁉　明子《あきこ》さんお店辞めるんですか⁉」

大学の課題と言っていたが、明子《あきこ》が書いているのはなぜか履歴書。

履歴書を書く機会など、就職や転職、アルバイトの応募くらいしか考えられない。

「え？　あ、いや違う違う！　言ったじゃん。大学の課題みたいなもんだって」

「大学の課題で、履歴書？」

「みたいなもん、ね。実はさ、学校の先輩に、インターンに誘われてるんだ」

「インターン、ですか？」

聞き慣れない単語に恵美《えみ》が首を傾《かし》げると、明子《あきこ》もなんとなく曖昧な答えをした。

「なんて言うのかな。大学生のうちに、会社の正社員の業務をアルバイト的に体験するイベント、みたいな？　週一日で二ケ月やるんだけど、それをやると就活も有利になる、らしくて。で、一応有給インターンだから、アルバイト契約結ぶために履歴書提出する、感じ？」

随分曖昧だが、とにかく明子《あきこ》が店を辞めるのではないらしいのでとりあえず胸をなでおろす。

「何か随分曖昧ですけど、それってちゃんとした会社なんですか？」

「あ、それは大丈夫。大学の就職課通してる話だから」

「明子《あきこ》さん、二年生でしたっけ。就職活動ってそんな早い頃から始まるんですか？」

「どーだろ。人によるんじゃない？　コウタ……さえみーと入れ違いくらいで辞めちゃった中《なか》山孝太郎《やまこうたろう》ってのがいたんだけど、あの人はガチのスタートは三年の夏だって言ってたかな」

「へぇ、そうなんですか。四年生になってからじっくりやるものだと思ってました」

「そういう人もいないではないけど、有名企業とか大手企業に入りたいなら三年夏スタートでも最後のチャンスレベルらしいよ。で、上手《うま》くいけばもう四年の春には決めちゃって、四年はじっくり最後の大学生活をってのが今の理想の就活みたい。だからまぁ、私の場合大学受験ナメくさって浪人しちゃってるから、就活くらいは人より早くやっときたいなって」

なるほど、週一回のアルバイト程度ならこちらの仕事と並行もできる、というわけだ。

「でもさー。志望動機と趣味特技の欄だけは昔っから何書いていいか分からんのよ。志望動機なんて就活有利に進めたいとかしかないし、趣味特技に至ってはそんなもん無いし」

「無いって……普段お休みの日とか、何してるんですか？」

「学校無い日はここにいるなぁ」

「あ、そっか」

明子《あきこ》は大学生クルーの中ではトップレベルでシフトに入っている。

恐らく空いた時間はほとんどアルバイトに当てているのだろう。

「でも、それならかなりお金稼いでるわけじゃないですか。そのお金、何に使ってるんですか？」

「ふふふ、よくぞ聞いてくれたさえみー！」

「えっ」

「さえみー、君はボウンノーズを知っているかい⁉」

「ぼうん……え、なんですか？　それ」

「ボウンノーズ知らん奴《やつ》がこの世にいるの⁉」

そんなこと言われたって知らないものは知らない。

恵美《えみ》の呆《ほう》けた顔を見て本当に知らないと判断したのか、明子《あきこ》はばたばたとスリムフォンを取り出すと、待ち受け画面を恵美《えみ》の眼前につきつけてきた。

「ボウンノーズ知らない⁉　テレビで一日一回はこの中の誰か見たことない⁉」

明子《あきこ》の待ち受けには、線は細いがなかなかに筋肉質の、いわゆる細マッチョのイケメン集団が、思い思いのポーズを取る画像が設定されていた。

「いやー、実はあの、私普段ニュースか時代劇かアニメくらいしかテレビ見てなくて」

「ボウンノーズの竹岡《たけおか》君は去年時代劇映画で主役取ったよ⁉」

「あ、すいません映画は全く見なくて……」

「マジか……ボウンノーズに触れずに生きてこられる人間がいたのか」

割と恵美《えみ》の周りにはいる気がするが、要するにどうやら明子《あきこ》はこのボウンノーズなるタレントか歌手かアイドルかのファンであるらしい。

「ちなみにこのボウンノーズって言うのは……」

「日本、韓国、台湾から集められた超絶アイドル達の結成する日本最高峰の男性アイドルグループ『ボウンノーズ』！　メンバーは……」

「まさか百八人いるとか言いませんよね」

「十八人よ！」

「それでもそこそこ多いですね⁉」

「ボウンノーズのファンは自らを『ビーズ』と称するわ！　由来は『数珠《じゅず》』を英語でプレイヤービーズと言うから百八の煩悩《ぼんのう》を構成するファンという意味でビーズよ！」

「自分を煩悩《ぼんのう》だって言い切るファンも凄《すご》いですね」

「とにかく！　私は稼いだ金をほぼビーズ活動につぎ込んでいると言っても過言ではないわ！」

「ビーズ活動って単語だけなら、何かハンドクラフトでもやってそうな健全さがありますけど、実際は煩悩《ぼんのう》を自称してるんですよね……なんでこんな話になってるんでしたっけ？」

「私が履歴書に書く趣味の話よ‼」

明子《あきこ》は急にクールダウンすると、昏《くら》い顔で言った。

「……ぶっちゃけアイドルのおっかけって、就職する上の趣味に書けないでしょ？」

「そ、そうなんですか？　別にいい気がするんですが」

アイドルや歌手の熱烈なファンであることは決して自分を卑下するようなことではないと思うのだが、どうも明子《あきこ》の中ではそうではないらしい。

「私だって別に友達同士ならいいと思うよ。でもことはシューカツよ？　何かこう、業務に役立ちそうとか、もっと高尚とか、そーゆー趣味特技はないかなーって」

「ないかなーって、他に好きなものはないんですか？」

「そりゃ私だって飲食店バイトやってるくらいだから料理は人並みにできるよ？　でも趣味かって言われるとそこまでじゃない。せいぜい自分の朝ご飯作れるくらいで、人様に出せるようなもんじゃないし、好きでやってることでもないしさ」

その感覚は理解できる。先ほど料理ができる、と評され自分の中に湧き上がった否定の感覚はそれに近い。

「読書とか、当《あ》たり障《さわ》りのないものじゃだめなんですか？」

「当《あ》たり障《さわ》りなさすぎんのよ。別に特定の作家とかジャンルに特化して読んでるわけでも語れるわけでもない。読書や映画鑑賞って、大体の人がやったことあるヤツでしょ？　よっぽど好きじゃないと書ける感じしないんだよね。なんか、海外の映画祭にノミネートされてるもんは大体先行して見てる的な？」

「な、なんだか大変なんですね」

「そーなの大変なの。そこいくと真奥《まおう》さん結構やるのよ。映画鑑賞が趣味って言いきったからね」

「え？」

突然真奥《まおう》の名と、真奥《まおう》に全く似合わない趣味が飛び出して恵美《えみ》は目を丸くした。

「まお……真奥《まおう》さん、映画鑑賞が趣味、なんですか？　似合わないですね」

つい口に出てしまったが、明子《あきこ》は同調してきた。

「ね。あの仕事の虫がめちゃくちゃ意外な感じするじゃん。でもほら、今正社員登用研修してるでしょ。趣味に映画鑑賞とか書いたらしくて、私の知らない映画の話とか、結構できるらしいんだよね」

果たしてそれは本当のことだろうか。

少なくとも恵美《えみ》が見ている範囲で、真奥《まおう》が映画や映画鑑賞に関わることを口や態度に出したことは一度も無いし、そもそも魔王軍の生活環境でそう頻繁に映画館に行くことができるとも思えない。

大体、テレビを買ってまだ半年経《た》つか経《た》たないかだし、ブルーレイなどの映像再生デッキも買っていなかったから、過去の名作だってそうそう見られないはずだ。

漆原《うるしはら》のパソコンはDVDドライブしか搭載されていないしそもそも漆原《うるしはら》が常に占領しているし、いわゆるネット配信のサブスクを芦屋《あしや》が許すとも思えない。

だが恵美《えみ》の疑いの表情をどうとらえたか、明子《あきこ》は真奥《まおう》の趣味への造詣《ぞうけい》を補足するようなことを言い出した。

「正社員登用研修もそうだし、真奥《まおう》さんもこの辺のこと、結構木崎《きさき》さんに相談したらしいよ。で、今そういうことにしてるってことは、木崎《きさき》さんも認めた、ってことじゃない？」

「木崎《きさき》さんが……」

真奥《まおう》のことは信用できなくても、木崎《きさき》のことなら信用できる。

木崎《きさき》が真奥《まおう》の趣味を映画鑑賞と認めたということは、やはり真奥《まおう》は映画に対し造詣《ぞうけい》が深いのだろうか。

「さえみーはさ、うちのお店来るとき、趣味特技とかどうしたの？」

「あ……私は……その」

あのときはとにかく仕事を得ることが第一だった。

そのため実際に自分ができて、仕事にも役立ちそうなものを書いた覚えがある。それこそ。

「確か、料理と英会話って書いた気がします」

「鉄壁じゃん！　これ以上ないほどパーフェクトじゃん！　無敵じゃん！　はんぺん家で作って仕事で英会話できるとか言えちゃう人なんてそれもう特技って言っていいレベルじゃん！」

「いや、その」

料理は必要に迫られてやっているだけだし、英会話に至っては法術《ほうじゅつ》の力を借りているだけで現実には話してすらいない。

履歴書に書くなら力を発揮する事柄かもしれないが、実際にそれが趣味や特技かと聞かれると、恵美《えみ》の答えは否《いな》だった。

だが、それを今の明子《あきこ》に言ったところで理解してもらえるかどうかは疑問だし、恵美《えみ》自身、全く別のことに意識を取られてしまっていた。

真奥《まおう》が映画鑑賞を趣味にしている。

この事実に、恵美《えみ》の心が激しくざわついたのだ。

真奥《まおう》は今でも思い出したように世界征服世界征服と口にするし、悪魔の王としても神討ちのメンバーとしてもなんやかんやと忙しく立ち働き、もちろん幡ヶ谷駅前店《はたがやえきまえてん》の主力クルーとして日々精励恪勤《かっきん》し、開いた時間でアラス・ラムスとも遊ぼうと積極的に動いている。

そんな真奥《まおう》が、完全に一人の時間、自分を楽しませるだけの趣味を持っている事実に、恵美《えみ》は激しく動揺したのだ。

そして気づく。

「……私、一人のとき、何もしてない」

※

「なんだか、今までありそうで無かったメンバーが集められたね」

ヴィラ・ローザ笹塚《ささづか》一〇一号室。

恵美《えみ》の父、ノルド・ユスティーナが起居する部屋で、大黒天祢《おおぐろあまね》はコタツに入りながら、正面の恵美《えみ》と左右を目にする。

「梨香《りか》ちゃんがいるってことは、エンテ・イスラに絡《から》むことじゃないってこと？」

「や、私もよく分からないんですけど……とりあえず恵美《えみ》が深刻そうな声出してたから駆けつけてきただけで……」

天祢《あまね》の右手に座る梨香《りか》は、正面に座った千穂《ちほ》を見る。

「私も最初、遊佐《ゆさ》さんが凄《すご》い暗い声出してたから何かと思ったんですけど」

千穂《ちほ》は言いながら、梨香《りか》の後ろの方に目をやった。

「あしぇすみてみて！　あぇがね！　うみをじゅっ！　ってやるまほーのステッキでね！」

「ああんモー！　こんなコドモダマシの番組見てハシャイでるネーサマもかわいいナァ！」

そこではアラス・ラムスとアシエス姉妹が満面の笑みで幼児向けアニメのテレビを見ており、二人とも時折ノルドが用意したせんべいを元気よく齧《かじ》っているのだ。

「多分、そこまで深刻な話じゃないんだろうなーとは思ってます。それはそれとしてアシエスちゃん、コドモダマシは酷《ひど》いんじゃないかな……」

「はい……正直そこまで深刻な話じゃないです」

恵美《えみ》もどこか申し訳なさそうな顔で、三人を上目遣いに見た。

「実はちょっと日常生活の些細《ささい》な相談というか……聞きたいことというか」

恵美《えみ》は、テレビにくぎづけのアラス・ラムスを見てぽつりと言った。

「テレビを見ることって、趣味って言えるかしら」

「言えない」「言えないね」「言えないと思いますね」

三者三様に即答され、恵美《えみ》は撃沈した。

「えっ？　まさかそれを聞きたいがために私達呼ばれたの？」

「いや、それだけじゃないんだけど、それだけじゃないんだけどね、皆が暇なときに、何をしてるのか聞いてみたくて」

「合コンか初歩の英会話教室でもなきゃなかなか聞かない質問だねぇ。一体何があったのさ」

天祢《あまね》の問いに、恵美《えみ》はバイト中に明子《あきこ》と話したことをかいつまんで説明する。

「それで私、趣味らしい趣味が無いんだってことに気づいて……」

「で、でも別に趣味が無きゃいけないってこともないんじゃないですか？　特に今は遊佐《ゆさ》さん色々忙しいですし、趣味をやろうと思ってもやる暇が無いんじゃや……」

「でも、私はベルやエメやアルシエルみたいにエンテ・イスラで継続的に何かの仕事に従事しているわけじゃないし、何もすることが無い時間も結構あるの。そういうときはアラス・ラムスと一緒に遊んだりもするんだけど……」

恵美《えみ》はアラス・ラムスとアシエスを見る。

「なんだかんだお父さんやアシエスやベルや魔王が相手してくれることもあったりして、私とアラス・ラムスだけ、ってことがあんまり無くて、なんならちょっと私が暇になるくらいで、で、私はそういうときにどうしてたかなって思うと……」

「テレビ見るくらいしかしてなかった、ってことだね？」

天祢《あまね》の確認に、恵美《えみ》は頷《うなず》く。

「でもさ、それで何か問題ある？　遊佐《ゆさ》ちゃんがたまの一人の自由時間にちょっと気ぃ抜いてテレビ見てたって、何も悪いことないでしょ？　バイトしてお金稼いで、勇者稼業《かぎょう》で世界救おうって人がたまの余暇にゆっくりテレビ見たっていいじゃない」

「いや、悪いと思ってるわけでもないんです。ただ、問題はそういうことが全部無くなった後なんですよ」

「つまり、世界を救った後ってこと？」

「そう。神討ちが成功した後は、皆それぞれの生活に戻るわけでしょう？　そうしたらきっと私がアラス・ラムスと二人きりで過ごす時間も増える。そのとき母親の私にきちんと趣味があった方が、アラス・ラムスのためになる気がして」

「まぁ、ねぇ」

天祢《あまね》は天祢《あまね》は苦笑する。

「言わんとすることは分かるけど、遊佐《ゆさ》ちゃんまだ十七でしょ？」

「遊佐《ゆさ》さんこないだ十八になりました！」

「恵美《えみ》が十八とか信じられんわー」

「どっちだって変わんないよ。その年でそんなこと考えられるのは大したもんだし、それができるのも大したもんだ。でも、だからこそ今はだらけられるときはきちんとだらけて力を抜かないと、本気出さなきゃいけないときに力出ないよ」

「……はい」

「泣いても笑っても、今度の夏には決着つくんでしょ？　趣味を探したいなら、全部終わって暇になってからでいいじゃん。大変なことしてるんだし、助けてくれる人も沢山いるんだから、そんなに思いつめなくてもいいと思うよ」

「……天祢《あまね》さん、大人っぽい」

「私は大人だよ。こう見えてね」

呟《つぶや》く千穂《ちほ》の頭をぐりぐりとやってから、天祢《あまね》は恵美《えみ》の表情を見た。

天祢《あまね》の言うことはなんなら最初から恵美《えみ》も理屈では分かっていて、それでも何かしないと心が収まらない状況なのだ。

「とまぁ、ここまでは大人の私。ここからはガキの私の話だけどさ、要するに遊佐《ゆさ》ちゃん、実は『遊び方』を知らないだけなんじゃない？」

「遊び方……ですか？」

「そう。例えばさ梨香《りか》ちゃん。エンテ・イスラのこと知る前とか、遊佐《ゆさ》ちゃんとどっかに遊びに行ったこと、あるかい？」

「遊び、ですか？」

梨香《りか》はしばらく考えてから、ゆっくり恵美《えみ》を見た。

「……無いな。そういえば」

「そ、そうだっけ？　ご、ご飯とか飲み屋さんとかはよく行ってたじゃない？」

「飲み屋を遊びにカテゴライズするのはおっさんのやること」

天祢《あまね》はビシりと指を突きつける。

「梨香《りか》ちゃんが言うのは、一泊旅行とか、カラオケとか、一緒に映画とかコンサート行くとか、そういう奴《やつ》だよ」

「りょ、旅行ならそれこそ天祢《あまね》さんに会った銚子《ちょうし》がそうだし、あとはな、長野にも……！」

「どっちも遊佐《ゆさ》さんにとっては『仕事』だったじゃないですか。真奥《まおう》さんを見張るっていう」

「う」

千穂《ちほ》の突っ込みは、鋭い角度で入った。

「長野では結局農作業ってことでアルバイトまでしちゃってましたし、あれは遊びの旅行とはとても言えない気がするんですけど」

「ちょ、銚子《ちょうし》ではちゃんとみんなで観光もしたじゃない？」

「それはしましたけど、あの頃の遊佐《ゆさ》さん、真奥《まおう》さん達と一緒に行動しててリラックスできてました？　アラス・ラムスちゃんのお世話だって、まだそんなに慣れてない頃ですよね？　今よりアラス・ラムスちゃん関連の荷物の量絞れてなくて、結構重いバッグ担《かつ》いでましたし」

恵美《えみ》のことを梨香《りか》とは違う軸で誰よりも身近に見守り続けていた千穂《ちほ》だからこそ容赦が無い。

「とにかく、遊佐《ゆさ》ちゃんはね、ドやバカが着くほど真面目すぎんの。遊佐《ゆさ》ちゃんの諸々《もろもろ》の事情は一応理解はしてるつもりだけど、趣味だなんだっていう前の段階として、もう少し日常で遊ぶってことを覚えた方がいい。折角名字にだって遊ぶって字がついてんだから」

「や、それは関係ないんじゃないっすか？」

梨香《りか》の突っ込みを天祢《あまね》は無視した。

「でも、実際天祢《あまね》さんの言うことはそうだと思うよ。どんな趣味でも、趣味にする前に触れてみて『あ、これ楽しい』って思えないと趣味って言えるほどのめり込めないもん」

「そ……ういうものかしら」

「そうですよ。明子《あきこ》さんがボウンノーズにはまってるのは私初めて知りましたけど、それだって絶対最初の一曲を純粋に楽しんで、格好いいとか良《い》い曲とか思ったわけじゃないですか」

「そういえバ、マオウも似たようなこと言ってたヨ？」

そこに突然、アシエスがテレビを見ながら会話に割り込んできた。

「魔王が？」

「そー。前に私、マオウと二人で映画見に行ったことあるんだけどサ。マオウって映画見るのが趣味みたいなとこあるんだっテ」

「えっ!?　真奥《まおう》さんと二人で映画っ!?」

「千穂《ちほ》ちゃん、知らなかったの？　魔王が映画好きって……」

「真奥《まおう》さんが映画好きなことも、真奥《まおう》さんがアシエスちゃんと二人で映画見に行ったのも初耳ですっっ！」

「へー。千穂《ちほ》ちゃんでも真奥《まおう》さん絡《がら》みで知らないことあるんだ」

「まだエミと会う前ニ、アシヤといろんな本とか探しながらマリョクを回復する方法を見つける途中で映画館に入ったんだってサ。そんですぐに創作物だってことは分かったんだけド、純粋ニ……なんだっけナ？　ひょーげんとカ？　ナンカいろいろ感動しテ、エミに会うまではちょくちょく行ってたんだッテ」

「え？　それじゃあ魔王の映画鑑賞の趣味って、そんなに深いものじゃないの？　つまりはあいつが日本で仕事を始めてから、一年弱くらいの話でしょ？」

「みたいだヨ。エミに会ってからは全然行けなかったって言ってたシ、多分そんなに沢山は見たことないんじゃないカナ」

「それで、趣味って言えるの……？」

「別に言っていいでしょ。好きなんだったら」

天祢《あまね》は事も無げに言った。

「下手の横好き、初心者上等でいいんだよ趣味なんか。話を戻しに戻して、その大木《おおき》さんだっけ？　同僚の人の履歴書の話だけどさ、極端な話、公序良俗に反してなきゃ趣味なんかコミュニケーションのとっかかりの一つに過ぎないんだ。読書好きだからってみんながみんなドストエフスキーだのシェイクスピアだの読んでるわけじゃない。サッカーが好きだからってみんながみんな地域の大会で優勝してるとかそんなんじゃないでしょ？」

「まぁ、それは……」

「いいじゃん。初めて見た映画に感動してドはまりして映画館通い始めたところですなんて言えたら、もう趣味としては完璧じゃん？　そんな程度でいいんだよ。どーも世の中、趣味と標榜《ひょうぼう》するならある程度極めたものでないといかんみたいな風潮あるけど、私その考え方って大っ嫌いでさ」

奇《く》しくもそれは、かつて真奥《まおう》が木崎《きさき》に言われたのと同じことだった。

「で、特に就活するわけでもない遊佐《ゆさ》ちゃんなんか、もっと気楽に構えてていいんだよ。ただ、テレビを見ることそのものが趣味にならないってさっき言ったのは、それそのものは受動的な行動だからなんだ。趣味ってのは基本的に、全て能動的なものだからさ」

「そーですね。例えば旅番組がきっかけで旅行にハマったとか、グルメ番組に出たお店は必ず現地まで言って食べるとか、ここまで行けば完全に趣味って感じがする」

梨香《りか》が天祢《あまね》の言うことを補足し、

「遊佐《ゆさ》さんって、時代劇好きなんですよね？　例えば舞台になった場所に行くとか、聖地巡礼なんて今風の趣味って感じしません？」

千穂《ちほ》がさらに具体例を提案した。

「あー、聖地巡礼ねー。まぁその場合言い方は『趣味は旅行で、時代劇の聖地巡礼をよくやる』とかゆー感じになるかもね」

「な、なるほど……」

恵美《えみ》は考え込んでしまう。

「考え込むなって。真面目か」

そして考え込んでしまった恵美《えみ》に、天祢《あまね》が突っ込んだ。

「こりゃあアレだな。案ずるより産むがやすしだ。千穂《ちほ》ちゃんも梨香《りか》ちゃんも、こんな話に付き合ってるってこた、今日ヒマなんでしょ？」

「ヒマですねー」

「はい。時間あります」

「遊び、行こうぜ。遊佐《ゆさ》ちゃん連れて」

「え、え？　えええ⁉」

迷いなく立ち上がる天祢《あまね》に同調し、梨香《りか》も千穂《ちほ》もずいと立ち上がって恵美《えみ》は慌ててしまう。

「行く――――！！！」

そこにどたどたとアラス・ラムスが駆け込んできた。

「アタシも行クー‼」

さらにアシエスも楽しそうな気配を察して飛び込んできたが、

「今日は真奥《まおう》さんがバイトだから、アシエスは笹塚《ささづか》近辺から遠くには行けないだろう？」

ノルドの冷酷な突っ込みに、アシエスが固まる。

「……オトーさん何ソレ。エ？　私だけハブ？　ウソでショ？」

「あしぇす」

「ね、ネーサマ……」

「……おみゃーげ、かってくるね？」

「うおおおおおおおいいそりゃねーぜネーサマ⁉　ええおおおイイ⁉　アマネ⁉　リカエミチホ⁉　そりゃあ許されねぇヨ⁉　この状況で私だけハブは人間のやることじゃネェヨ⁉」

「あんたはしょっちゅう私や真奥《まおう》君にタカって美味《おい》しいもん食べてイイ思いしてんでしょうが。今日は日頃仕事して思いつめてる遊佐《ゆさ》ちゃんでみんなで遊ぼうの会なの」

「遊佐《ゆさ》ちゃんで、なんですね。遊佐《ゆさ》ちゃんと、じゃなく」

梨香《りか》は天祢《あまね》の細かいニュアンスを聞き逃さなかった。

「真奥《まおう》君が暇なとき連れてってやるから今日は我慢しな！」

「いやいやいやいやいやマオウがヒマな日なんてほとんどネーじゃんヨ⁉　それにエミがマオウと一緒に出掛けたがるとも思えないんだケド⁉」

「うん、まぁだからあんたは諦めなって」

「あぁあんまりだあああああああアアアア！　ウオエアアアアアアアア！」

「あ、あの天祢《あまね》さん？　さすがにアシエスちゃんだけ仲間外れは気の毒ですし、最初は近くでできることしません？　ほら、例えば駅前のボウリング場とか、あと近くに沢山カラオケとかありますし」

「チホはそう言ってくれると思ってたヨオオオオオオオオ!!」

「アシエスちゃん鼻水が……」

「ちっ、仕方ないなぁ。でも今日のメインは遊びだからね。腹減ったら一人でマグロナルドにでも行くんだよ」

日頃アシエスに食費をたかられている天祢《あまね》は厳しいが、それでも無事アシエスは、遊佐《ゆさ》ちゃんでみんなで遊ぼうの会参加権をゲットする。

千穂《ちほ》がアシエスにまとわりつかれている横で、梨香《りか》は恵美《えみ》の腕を取って囁《ささや》いた。

「でも、実は私も恵美《えみ》と遊びには行きたかったんだ。ようやく夢が叶《かな》った」

「梨香《りか》……あ、そうだお父さんは……」

「馬鹿を言うんじゃない。折角皆さんが誘ってくださってるのに親が行くなんて野暮もいいところだ。天祢《あまね》さん、千穂《ちほ》さん、梨香《りか》さん。エミリアをよろしくお願いします」

ノルドから追い立てられるようにして外に出た恵美《えみ》達は、とりあえず騒ぐアシエスを宥《なだ》めつつ駅前に向かうことにした。

「で？　結局目的地は駅前のボウリング場でいいの？　この中で入ったことある人は？」

「私、友達と何回か」

「んでボウリングって何？　穴でも掘るノ？」

「なんでアシエスちゃんはそのボーリングが分かるのさ……？」

「すなばであなほりするの？」

「穴……は掘らないんじゃないかしら。ボウリングって、あれよね？　鉄の球を転がして、こけしみたいなのを倒す……」

「鉄の球でもこけしでもないけど、でも想像してるもんは合ってるね。天祢《あまね》さんは日本の人なんですよね。千穂《ちほ》ちゃんが行ったことあるなら、この中で未経験者は恵美《えみ》とアラス・ラムスちゃんとアシエスちゃんか。アラス・ラムスちゃん、できっかな？」

「軽い球ありますし、それにアラス・ラムスちゃん、本気出したら遊佐《ゆさ》さんや真奥《まおう》さんより強いんで大丈夫ですよ」

「アシエス、あんた滅茶苦茶《めちゃくちゃ》な投げ方して機械壊したりすんじゃないよ」

アラス・ラムスも自分の足で歩きながら、それぞれが住宅街の道をわちゃわちゃと他愛のない話をしながら駅前のボウリング場目がけて歩く。

それだけのことで、恵美《えみ》は妙に高揚していた。

これまでも『遊んだ』ことは幾度もある。

夏には鈴乃《すずの》やアラス・ラムスとプールに遊びに行ったこともあった。

だがそのときは鈴乃《すずの》が恵美《えみ》を気晴らしに連れ出し、恵美《えみ》はアラス・ラムスを遊ばせるという、誰か他の人のために遊びに行くという明確な目的意識があった。

アラス・ラムスと、千穂《ちほ》と、梨香《りか》と、アシエスと、天祢《あまね》。

気の合う『友達』と、女子だけ大勢でただ、フラっとどこかへ無目的に遊びに行く。

こんなことは、恵美《えみ》の人生の中で掛け値なしに初めてだった。

ガード下を抜けて笹塚《ささづか》ボウリングステージの建物に入り、ボウリングのレーンを初めて見た恵美《えみ》は、

「「うわあ！」」

アラス・ラムスと同時に、歓声を上げたのだった。


「あしぇすすごい!!」

アラス・ラムスが小さな手で激しく妹に拍手を送り、アシエスは鼻の穴を限界まで膨らませ、仁王立ちで得意満面だ。

「いや……いやいやいやマジで凄《すご》いなアシエスちゃん。これもセフィラなんちゃらの力なのかね。初めてのボウリングでいきなりパーフェクトはちょっと異世界的ズルさを感じるよ」

第一ゲームの十投目、アシエスはオールストライクのパーフェクトゲームを達成し、他のレーンの客やスタッフからも万雷の拍手を受けていた。

早い時間で空いていたため六人で二レーン借りて全員のスコアで勝者を決めるというかたちになったのだが、五投目あたりからは、アシエスの無双の連続ストライクに誰も追いつけないことを確信し、早々に二位争いが事実上の決勝戦となっていた。

「マ、これがあたしの実力ってやつョ！」

「私、パーフェクトゲームって初めて見ました……」

「私もだよ。プロだってなかなかやることじゃないよ」

千穂《ちほ》はたまにスペアが取れるもののストライクは無く、梨香《りか》はストライクはあるが連続はせずで似たり寄ったりのスコア。

そしてアラス・ラムスは、

「……えいっ！」

小学生以下限定、ガーターの無いモードで8ポンド球を両手投げして、ストライク一回、スペア二回のなかなかの好成績で梨香《りか》に次ぐ三位につけていた。

そして。

「きょ、今日は遊佐《ゆさ》ちゃんで遊ぼうの会だから、接待じゃないかんね……最後には、勝たせてもらうよ！」

「アラス・ラムスの前で、ビリだけは、ビリだけは回避させてもらいますよ……！」

四位の千穂《ちほ》から五十点以上離されてブービー争いを演じていたのが意外にも恵美《えみ》と天祢《あまね》だった。

二人とも一投目からガーターを連発。

天祢《あまね》はしきりにむかしはこんなことなかったのにといじましい言い訳を繰り返し、恵美《えみ》は恵《え》美《み》でいくら初めてとはいえエンテ・イスラ人類の頂点に立つ身体能力を持つ者としてあまりに不《ふ》甲《が》斐《い》ない事態に、勇者がしてはいけない目つきになっている。

「まま、がんばって！」

「アマネ！　負けたら焼肉奢《おご》っテ！」

両方のレーンで双方のプライドを賭けた第十投が投げられた結果、

「うおっしゃあああああああ‼」

「あっ！　あっ！　あっ！　嘘《うそ》！　待って待って！」

天祢《あまね》が執念のストライクを叩《たた》き出《だ》し、一方の恵美《えみ》は左右にピンが残るスプリット状態になってしまった。

スプリットの右側しか倒せなかった恵美《えみ》と違い、天祢《あまね》は二投目で五本、三投目で二本倒し、結果僅差で恵美《えみ》が最下位に決定したのだった。

「嘘《うそ》でしょおおおお⁉」

恵美《えみ》は頭を抱えながらも、口だけは大笑いしながらベンチにどっかりと腰を落とした。

「まま、まま、なかないで」

「大丈夫よアラス・ラムス。泣いてないの。むしろ嬉《うれ》しいの」

「びり、うれしいの？」

恵美《えみ》が落ち込んでいないか気にするアラス・ラムスを抱きしめてから、恵美《えみ》はスコアの表示されたモニターを見上げる。

「私、人と何かを競って、人生で初めて『最下位』になったのよ！」

「さぃかぃ？」

「そー！　ね！　アラス・ラムス、もう一ゲームやっていい？　私、このままじゃ終われないわ！　せめて天祢《あまね》さんには勝ちたい！」

「もっかいやる!!」

「ボウリング、一ゲームだけじゃ面白くないしね。二ゲーム目、いきますか！」

「ふっふっフ。誰が来ても同じことヨ……次も倒してやるゼ……！」

全力全開で調子に乗ってるアシエスがボードを操作し、二ゲーム目が始まる。

そして。

「か、勝ったあああああ!!」

「マジかよおおお！　最後の最後でええ!!」

「ままおめぇとおお!!」

二ゲーム目の最終結果は、やはり恵美《えみ》と天祢《あまね》の熾烈《しれつ》なブービー争いの末、八投目から恵美《えみ》がスペアとストライクを奇跡的に連続し、最後に天祢《あまね》がスプリットを出してしまい、僅差で恵美《えみ》が天祢《あまね》をかわす結果となった。

天祢《あまね》が床に崩れ落ち、恵美《えみ》とアラス・ラムスは抱き合いながらその場をくるくると回り、ボールラックでは再びパーフェクトを出したアシエスがギャラリーに取り囲まれて鼻息荒く、

「私プロになっちゃおーカナー」

などとフカしていた。

「やー、久しぶりにやると腕いきなり笑うな。明日これ絶対筋肉痛だわ」

「私もです」

自然な結果に落ち着いた梨香《りか》と千穂《ちほ》は、球とレンタルシューズを返却すると、人数分のスコア表をもらってそれを恵美《えみ》に手渡す。

「えっ？　これもらえるの？」

「はい。アラス・ラムスちゃんの分も」

「ありあとます！」

リカ、アラス、エミと書かれたスコア表と、アシエ、チホ、アマネと書かれたスコア表をそれぞれに手渡す。

「イヤーまさか私にこんな才能があったなんてナー。これ使ってマオウやスズノと賭けしたら一儲《ひともう》けできないかナ」

「私はこんな情けないスコアは記憶から消したい……昔はもっとイケてたのにさぁ」

悲喜こもごものボウリング二ゲームを終え、ボウリング場から出るまでの間、

「……クリアファイルかなにか途中で買わないと」

恵美《えみ》は薄い紙に印字されたスコア表を見て、心の底から嬉《うれ》しそうに微笑《ほほえ》んだ。

「うおい！　こんな結末は認められない！　カラオケだ！　カラオケ行くぞ！」

荒れ狂う天祢《あまね》はそのままボウリング場の隣にあるカラオケボックスへと突撃する。

「待ってください天祢《あまね》さん！　一応皆に聞かないと！　カラオケでいいですか？　次！」

「私は構わないけど、単純に恵美《えみ》達大丈夫？　日本の歌とか、歌える？」

「流行《はや》りのものは分からないけど、テレビで色々な歌は聞いたことあるし、一番だけとかなら大丈夫だと思うわ」

「エミ、カラオケ知ってんノ？　行ったことあんノ？」

「行ったことは無いけど、ドコデモの近くには沢山あったし、そういうアプリに関する問い合わせも受けたことあるからどういうものかは分かってるわ。アシエスは？」

「ン、実はオトーさんと何回か」

「えっ」

ノルドがカラオケ。恵美《えみ》は想像しようとして、案外簡単に想像できてしまい吹き出した。

「今度どんな歌を歌ったのか聞かないとね」

恵美《えみ》は重低音が響くカラオケの受付で、鬼気迫る様子で受付をする天祢《あまね》の背を見ながら、ふと、フードメニューの掲示があることに気づく。

「えっ!?　お子様ランチがあるの？」

「えっ!?」「あっホントだ！」「へー、そんなのあるんだ」

恵美《えみ》の発見に、千穂《ちほ》と梨香《りか》と天祢《あまね》も驚いたようにフードメニューを見上げた。

「どーする？　晩ご飯、ここで食べちゃう？」

「えーと……」

「たべう!!」

恵美《えみ》が悩む暇も無く、アラス・ラムスは当然のように反応した。

そもそも恵美《えみ》が最初に見つけてしまったのだからこうなるのは当然だし、時間帯を考えればむしろカラオケできちんとしたお子様ランチが出てくるのはありがたいとすら思えた。

ただ。

「……？」

心のどこかでアラス・ラムスの笑顔の横顔に、かすかに違和感を覚えた。

「ほらほら、眠いのは分かるけど歯だけは磨かないと」

「やぁ……ねむぅいぃ……」

※

永福町《えいふくちょう》の自宅に戻った時間はまだ夜の八時。

普段ならばアラス・ラムスもまだ眠くなるような時間ではないのだが、今日は今までにないほど純粋に遊びはしゃぎまわり、完全に疲れきってしまったのだろう。

かく言う恵美《えみ》も、今日は既に全身を心地よい倦怠《けんたい》感に包まれていて、気を抜けばすぐにでも眠り込んでしまいそうだ。

心の底から楽しい一日だった。

父の部屋に集まる前までは色々と考えすぎて倦《う》んだ考えに支配されていたが、ボウリングからの時間はやけに早く過ぎ去ったように思う。

初めてのボウリングの記念であるスコア表は帰りにコンビニで買ったクリアファイルに綺麗《きれい》に挟んだし、カラオケでは穏やかな童謡が意外に歌うのが難しかったり、千穂《ちほ》や梨香《りか》が普段の彼女達からは想像できないような歌を知っていたり、天祢《あまね》が極端な負けず嫌いだったことが知れたり、採点モードで常に九十点台後半を叩《たた》き出《だ》すアシエスに天祢《あまね》が一度も勝てなかったり、帰宅中の電車の中では撮影した皆の写真をシェアしたり、とにかく、本当に楽しかった。

また同じように皆で遊びたいと思うし、次はエメラダや鈴乃《すずの》も誘いたい。

ボウリングをこっそり練習し、次の対戦でははは少しスコアを上げられるようにしようかとか、自分もちょっと意外性のある歌を覚えたいとか、恵美《えみ》の心は煩雑ではあるがどれを手に取っても楽しい思いしか湧き上がらない、まるでおもちゃ箱のような状態になっていた。

「まま～おやすみ～……」

「こらこらこら～！　自分で歩けるなら歯磨きして！　おトイレも行かないと！　いっぱいジュース飲んじゃったんだから！」

「やぁん……はみがきやーだー。せんめんじょさむいー」

「もう……せめてぶくぶくぺっだけして。五回よ。五回」

「うぇ～」

アラス・ラムスも同じ気持ちなのだろう。特に子供だから、全身が楽しさの疲れに重くなっているときに、面倒な日常のルーチンなど踏襲したくないのだ。

だましだまし洗面所に連れていって、うがいをさせるついでに歯ブラシを口に突っ込んで、ＭＨＫの子供番組で放送される『しあげはみがきの歌』を歌いながらなんとか歯磨きを完遂させる。

だがそこでアラス・ラムスは完全に電池が切れてしまいトイレに行かせられず、仕方なく恵《え》美《み》はエンテ・イスラで使うために買い置きしてある吸水力が通常商品より高いおむつに苦労して履き替えさせ、なんとかベッドの上に寝転がした。

「はぁ……けほっ」

少し喉がガラガラしている。

ボウリングで上げたことのない歓声や悲鳴を上げ、カラオケで普段使わない喉の筋肉をふんだんに使ったため、声が少し枯れている。

「のど飴《あめ》買ってくればよかったかな」

恵美《えみ》も本音を言えば、顔を洗い歯磨きだけして、残る全てのルーチンを明日の朝に回してしまいたかった。

実際に顔を洗うまではその思いが強かったのだが、少し気分がすっきりして、歯を磨く前にキッチンに向かってティーバックで紅茶を入れ、その中にはちみつを落とし一息つく。

そして。

「よし、やるか」

壁のホックにかけてあるエプロンを手に取り身に着けると、俎板《まないた》と包丁を取り出して調理台に置き、冷蔵庫に向かったのだった。

※

翌朝。部屋にかすかに差し込む陽《ひ》の光で目を覚ましたアラス・ラムスは、もったりと重いおむつの重さを感じながら目をこすり、恵美《えみ》の姿を探す。

「まま〜……おぁよぅ……」

「あら、アラス・ラムス起きたの？　もうちょっと寝てて大丈夫だったのに」

キッチンにいた恵美《えみ》はアラス・ラムスの前で屈《かが》み込むと、お尻を軽く叩《たた》く。

「いっぱいおねしょしちゃったわね。お水飲んだら、お風呂《ふろ》入りましょ」

「ぁい……くぁ……」

疲れていたとはいえ、夜八時に寝たら朝六時に起きるのも仕方がない。

昨日の汗や汚れを朝のぬるめのお風呂《ふろ》でしっかり洗い、髪を乾かす頃にはアラス・ラムスもしっかり目が覚めていた。

「おなかすいたー」

「はいはい。ままの髪が乾くまで待っててね」

恵美《えみ》は急いで髪を乾かしたが、それでもその間にアラス・ラムスは勝手にリビングでテレビをつけ、適当にチャンネルを回している。

「アラス・ラムスー。今の時間何もやってないわよー」

「おなかすいたぁー」

「はいはい！　すぐにできるわよ！」

急《せ》かされた恵美《えみ》はとりあえず部屋着だけ羽織るとまた急いでキッチンに向かい、用意していた朝食を手早く調《ととの》える。

「アラス・ラムス、ご飯よ。テレビ消してこっち来なさい」

本当にお腹《なか》が空いていたのだろう。物凄《ものすご》い速さで卓についたアラス・ラムスは、そこにある物を見て目を輝かせた。

「おおお——！」

「ふふ！　どう？　まま特製アラス・ラムス専用お子様ランチよ！」

「いただきます！」

チキンライスの上に、ケチャップで顔を描いたオムレツを載せ、付け合わせにりらっくす熊《ぐま》の形を模したミニハンバーグときゅうりと人参《にんじん》の甘酢漬け、ジャガイモの一口ガレットに、極めつけがカリフラワーのポタージュスープだった。

それらがアラス・ラムス専用のりらっくす熊《ぐま》プレートを華やかに彩《いろど》っている。

朝食としては、少し重かったかもしれないと一瞬考えたが、アラス・ラムスがその一瞬でガレットとオムライスを平らげてしまったのを見て、その考えは杞憂《きゆう》だと分かる。

元々たくさん食べる子ではあったが、アシエスの姉ならばこれくらいは余裕、ということだろうか。

「どう、アラス・ラムス」

恵美《えみ》は自分も食卓につきながら、つい聞いてしまった。

「昨日のお子様ランチと、どっちがいい？」

「ままのお子様ランチ、まいにち！」

「ええ、毎日は難しいわねぇ」

料理を比べる、ということが良くないことだとは分かっていたが、それでも恵美《えみ》は心の中でガッツポーズを取った。

昨日、恵美《えみ》がかすかに感じた心の靄《もや》。

それは、アラス・ラムスがご飯を見て顔を輝かせるのを、しばらく見ていなかったという事実だった。

そしてその久しぶりを、カラオケのお子様ランチに取られてしまった。

アラス・ラムスに誰よりも美味《おい》しく楽しくご飯を食べてもらいたい母親として、これはよくないと思った恵美《えみ》は、疲れた体を押して朝食のためにひき肉を成型し、ポタージュを作って冷蔵庫に寝かせ、可愛《かわい》い盛りつけの仕方を研究したのだ。

そして今、娘から最高評価を得たことに、恵美《えみ》は心の底からの達成感と満足感を得る。

「まま、これ、このすーぷなに？　はじめてのあじ」

「実はねぇ。前にアラス・ラムスが食べられなかったお野菜が入ってるの。なんだと思う？」

「ええ？　ぽてと！」

「アラス・ラムスはポテト好きでしょう？　白くて、ふわふわしてて、ブロッコリーにそっくりな……」

「ぶっこり……なんだっけ？」

　あまり真剣に思い出す気のないアラス・ラムスの顔が愛おしく、かつ自分の作った料理が美味《お》しくできて更に満足感が高まったとき、恵美《えみ》はふと気づいた。

　今日はアラス・ラムスのためだけに全力を出したが、父が笹塚《ささづか》に住むようになってからは事あるごとに父と食卓を囲むことが増え、小さかった頃のように、父のためにあれこれと料理を作り、父が喜んで食べてくれることに心から喜びを覚えていた。

「……私、人のために作る料理が好きなのかも」

※

　数日後、恵美《えみ》はマグロナルド幡ヶ谷駅前店《はたがやえきまえてん》のスタッフルームでスリムフォンを不機嫌な顔で睨《にら》む明子《あきこ》に遭遇した。

「おはようございます明子《あきこ》さん。どうしたんですか？」

「あ！　聞いてよさえみー！　こないださ、インターンの話したじゃん！」

明子《あきこ》は開口一番泣きそうな声で言う。

「向こうから誘っといて不採用喰《く》らったんだよー！　やっぱ履歴書の趣味にアイドルのおっかけって書いたのがまずかったのかなぁ？」

「ほ、本当にアイドルのおっかけってそのまま書いたんですか？」

「正確にはボウンノーズのおっかけって書いた」

それだけが不採用の決定打ではないだろうが、他に書き方はあっただろうとは恵美《えみ》も思う。

「つ、次に行きましょうよ。インターンって、一つだけじゃないいんでしょう？」

「まぁねー。でもやっぱ傷つくってば。ねーさえみー、なんか説得力のある趣味ないかなぁ。さえみーだったらどう書いたー？」

説得力のある趣味、という考え方が良くないとは思うが、それを言っても今の傷心の明子《あきこ》には響かないだろうし、ボウンノーズを否定したと思われても困る。

「私も明子《あきこ》さんと話した日から色々考えたんですけど、巡り巡ってやっぱり料理でしたね。作ったものを大切な誰かに美味《お》しく食べてもらったら、嬉《うれ》しいですから」

「説得力の塊みたいな趣味で正論パンチされたー！」

こじらせた明子《あきこ》は頭を抱え、そしてふと気づいたように恵美《えみ》を見上げた。

「……で、さえみーが料理を食べさせてあげたい大切な人って誰？　まさか……」

「残念でした。父親です。あとはたまに母親とか親戚の子とか、たまに千穂《ちほ》ちゃんとか」

「お父さんとか親戚の人には悪いけどそこはノリで彼氏とか言ってくれた方がまだよかったわ！　下世話なカマかけした私が余計みじめだわ！」

「明子《あきこ》さんも料理やりません？　自分の好きなもの作るだけでも楽しいですよ？」

「…………考えてみる」

楽しさ。達成感。喜び。

そんな普遍的な思いこそが趣味に、ひいては自分の人生を豊かに彩《いろど》る。

だから恵美《えみ》は、明子《あきこ》に言ってみた。

「あとは、カラオケとかですかね。最近ハマりそうで」

「エッ⁉　さえみーカラオケすんの⁉　え、一緒にいこーよ！　どんな歌うたうのかめっちゃ気になる！」

「それじゃ、今度予定合う時に行きましょう」

こうしてまたきっと、明子《あきこ》の新たな一面を見ることができるのだろう。

そして自分の新たな一面を、明子《あきこ》に見せることにもなる。

「……」

明子《あきこ》にアラス・ラムスのことを話さなかったことが、再び恵美《えみ》の心に小さなトゲを刺した。

明子《あきこ》はエンテ・イスラの事情を知らない。恵美《えみ》の本当の姿を知らない。

知ることは、明子《あきこ》のためには決して良いことではない。そう思いながら、愛する娘のことを、仲の良《い》い同僚に話せないことを、少しだけ後ろめたく感じた。

それでも梨香《りか》がエンテ・イスラの事情に巻き込まれたときのことを思えば、明子《あきこ》を始めとしたマグロナルドのクルー達に真実を明らかにするのは決して良いことだとは思えなかった。

そんな恵美《えみ》の思いとは裏腹に、千穂《ちほ》とアシエスと志波《しば》が木崎《きさき》や明子《あきこ》、川田《かわた》や岩城《いわき》にエンテ・イスラの真実を明かすのは、もう間もなくのことだった。

勇者、勇者となった日を思い出す

勇者、旅立つ―a few days ago―

初めの頃は、新宿駅《しんじゅくえき》から京王線《けいおうせん》でたった一駅の笹塚駅《ささづかえき》に降りることに若干の面倒くささを感じていた。

梨香《りか》は通勤の都合で西武《せいぶ》新宿《しんじゅく》線《せん》を使っていた。西武《せいぶ》新宿《しんじゅく》駅《えき》から新宿《しんじゅく》駅《えき》はそこそこ歩かねばならず、山手線《やまのてせん》を使うとわずかながら運賃がかかる。

「まー私も、もしものことを考えると、最低限体を鍛えるためにこんなときくらい歩くべきなんだろうけど……」

笹塚駅《ささづかえき》の改札をくぐった鈴木《すずき》梨香《りか》は、ICカードのチャージ残高を見て真顔になる。

「たかが一駅。されど一駅。歩くのには、ちょ〜〜〜っとだけ遠いんだよなぁ」

現在新宿《しんじゅく》駅《えき》から笹塚駅《ささづかえき》までの運賃はICカードで一二六円。

だが梨香《りか》の足だと自宅から高田馬場《たかだのばば》駅《えき》まで五分。高田馬場《たかだのばば》駅《えき》から西武《せいぶ》新宿《しんじゅく》駅《えき》まで待ち時間や構内の移動込みでやはり五分。

新宿《しんじゅく》駅《えき》からヴィラ・ローザ笹塚《ささづか》まで歩くとなると、早足で頑張っても三十分近くかかる。

つまり合計四十分。

「実際、異世界までドアツードアで四十分で行けるのに、笹塚《ささづか》まで四十分ってのもなんだか変な話だなぁ」

梨香《りか》も日本とエンテ・イスラを行き来するようになってしばらく経《た》ち、ゲートの行き来も慣れたものだ。

そのため梨香《りか》が普段エンテ・イスラに行こうと思うなら、普通に自宅のワンルームから行くのだが、今回は笹塚《ささづか》にお使いに来たのだ。

「ええと、百号通《ひやくごうどお》り商店街に入って少し行ったところの業務用スーパーの……」

梨香《りか》はスリムフォンのマップアプリを見ながら目的の店を探す。

「あった。へー、こんなの初めて見た。アラス・ラムスちゃん変なとこでグルメなんだなー」

梨香《りか》が手に取ったのは、ロングライフ牛乳と呼ばれる特別な殺菌方法とパッケージの牛乳だった。

昨日、梨香《りか》は特に理由もなく恵美《えみ》と通話をしていた。

エンテ・イスラにいるらしい恵美《えみ》が日常のちょっとした失敗というような話題で上げたのが、ストックしていたロング・ライフ牛乳を切らしてしまった、という話だった。

ロングライフ牛乳、という存在自体を初めて知った梨香《りか》が詳しく聞くと、アラス・ラムスの大好物であるコーンスープを作るためにエンテ・イスラにストックしている牛乳らしい。

特殊な殺菌方法を用い、特殊なパッケージに封入されているため、常温での長期保存が可能で、かつ普通の牛乳より少し甘みが強いらしい。

エンテ・イスラの魔王城では牛乳を手に入れることは不可能らしく、そもそもエンテ・イスラ全域、気軽に庶民が牛や羊の乳を入手したり使ったりすることはできないらしい。

「そーなの？　それじゃ不便でしょ。私明日暇だし買ってこうか？」

恵美《えみ》は驚いたが、それでもアラス・ラムスの食事環境を維持するのは重要な課題らしく、梨《り》香《か》の申し出を喜んでくれた。

梨香《りか》としてもエンテ・イスラに行く大義名分ができるのはありがたい。

異世界の事情に関われるようになったはいいが、千穂《ちほ》のような人脈や能力があるわけではなく、自分を守る力を持たない梨香《りか》は、自分があの場所ではイレギュラーであることを自覚していた。

それだけに、こうして親友であり異世界から来た勇者である恵美《えみ》が自分を頼ってくれるのは純粋に嬉《うれ》しかった。

恵美《えみ》に頼まれた二十四本セットの一箱以外に、自分で飲んでみるために一本だけ購入する。

「ふー、ふー、小さいパックでもこんだけあると結構重いな」

大きくはないがそれでも両手で抱えるサイズの箱を持った梨香《りか》は、息を切らしながらヴィラ・ローザ笹塚《ささづか》にたどり着く。

「あー、こんだけのことで汗かいてちゃ、異世界で大活躍なんか夢のまた夢だね。ひー」

梨香《りか》はアパートの共用階段下で、一度荷物を下ろして汗を拭い、手首をぐるぐる回す。

「さてと。鈴乃《すずの》ちゃんはいないんだよねー。真奥《まおう》さんはこの時間仕事中らしいし、ノルドさんか、そうでなきゃ志波《しば》さんの家の方がいいかな」

梨香《りか》は真奥《まおう》や鈴乃《すずの》の部屋の合鍵を持っているわけではない。

エンテ・イスラに行く際に用いる天使の羽ペンは、世界と世界を繋《つな》ぐゲートを開く法術《ほうじゅつ》の媒介となるため、強い光を発する。

ヴィラ・ローザ笹塚《ささづか》の敷地《しきち》内であれば問題ないとは思うが、外では誰に見られるか分かったものではないので、できれば四方を壁で囲まれた場所で使いたい。

そう思った梨香《りか》は、恵美《えみ》の父であるノルド・ユスティーナが入居している一〇一号室の呼び鈴を鳴らしたのだが。

「あれ？　いないのかな」

二度鳴らしても応答は無く、耳を澄ませても中に誰かがいる気配が無い。

「困ったなー。ここなら誰かしらいると思ったんだけどな。真奥《まおう》さんちって、確か今あの大柄な悪魔の人が一緒に住んでるんだよね」

芦屋《あしや》や漆原《うるしはら》もエンテ・イスラに行ってしまった中で、魔王である真奥《まおう》と一緒に二〇一号室で寝起きしているのはリヴィクォッコという名の巨漢の悪魔だった。

人間型もスマートな芦屋《あしや》や小柄な漆原《うるしはら》と違い、本来の体格が遺憾なく反映されたレスラーのような外見だ。

お互い知らない仲ではないが、あくまで顔見知り程度であり、一対一で接したことはない。

「ま、これも異世界文化交流ってやつよね。今はいてくれた方がありがたいわけだし」

梨香《りか》は気合いを入れて牛乳の箱を抱え上げると、階段を上がって二階の共用廊下に入り、二〇一号室の呼び鈴を鳴らす。

「ん～？」

一度鳴らしただけで、中で誰かが動いた気配がした。だが、出てくる様子が無い。

もう一度鳴らすが、今度は無反応。だが、誰かが息をひそめている気配は間違いなくする。

普通の家なら気づけないが、築六十年の木造アパート、ヴィラ・ローザ笹塚《ささづか》となると話は別だ。

人間のわずかなみじろぎがシンプルに各所に振動として伝わる。

梨香《りか》は振動の方向とかすかに聞こえた音。二〇一号室の構造の全てを総合し、一つの結論を出した。

「ねー漆原《うるしはら》さん！　いるんでしょ！　ちょっと開けてもらえない？」

ぎしり、と音がして、梨香《りか》は確信する。

「ゲートを開くちょっとの間だけお邪魔させてもらうだけだから、ちょっとだけ入れてー！　お願いー」

「……」

「うーるーしーはーらーさーん！」

二度三度と呼び鈴を鳴らすと、中でのそのそと人の動く音がして、梨香《りか》の予想通り不機嫌そうな顔の漆原半蔵《うるしはらはんぞう》がドアの隙間から顔を見せた。

「……何」

「ちょっとごめんね。ゲートだけ開かせて、お邪魔しまーす」

「僕昼寝してたんだけど？」

「や、普通に面倒でシカトしてただけでしょ？　食べかけのお菓子とか押し入れの隅にあるし、一回目の呼び鈴のときに普通に動いてた気配したし」

図星を突かれたらしい漆原《うるしはら》は眉間の皺《しわ》を深くする。

「……ゲート開くだけなら、廊下でいいじゃん」

「一応ここ外だしさ。芦屋《あしや》さんや恵美《えみ》から聞いてるけど、漆原《うるしはら》さんって普通にネットで買い物とかしてるんでしょ？　ゲート開いた途端に配送業者の人とか、新聞屋さんとか郵便屋さんとか来たら終わりじゃん」

「はー……ったく。さっさと行ってよ。こっちは忙しいんだから」

押し入れでごろごろしていたのに何が忙しいのかは分からないが、あまり漆原《うるしはら》をからかっても悪いので梨香《りか》は畳に天使の羽ペンを突き立てる。

「あのさ、一応僕、これでも人間一人くらい指先で消せる悪魔なんだからな。もう少しそこら

「へん……」

漆原《うるしはら》が文句の一つも言ってやろうと口を開いたときには、

「おおい」

梨香《りか》の姿はもう無く、ゲートが閉まるところだった。

ふと漆原《うるしはら》が玄関を見ると、そこには梨香《りか》の靴があった。

漆原《うるしはら》がいたので普通に人の家に上がるように靴を脱いでしまったのだろう。

「……ま、僕のせいじゃないし」

後からゲートに放り込んでやろうと思ったが、そう思ったときにはもうゲートは閉まりきっていた。

「大体、僕は悪魔《あくま》大元帥《だいげんすい》ルシフェルだぞ。エミリアの友達だかなんだか知らないけど、ちょっと気安すぎじゃないか？」

梨香《りか》がいなくなったところでそうぶつくさ言うものの、すぐに梨香《りか》のことなど忘れたように押し入れにごそごそと戻っていったのだった。

　ゲートが開く気配がして恵美《えみ》とエメラダは振り向く。

「なんかちょっと位置高くない？」

「ですね～？　誰でしょう～？」

中央大陸の魔王城の麓。

誰が持ち寄ったわけでもないがいつのまにか自然に出来上がっていた丸太のベンチが集まった集会所で報告会をしていた恵美《えみ》とエメラダは、少し顔を上げて立ち上がる。

ゲートは立ち上がった恵美《えみ》の頭より少し高いところに開いていて、恵美《えみ》はなんとなく嫌な予感がして身構える。

「敵……ですかね～？」

「そんな感じでもないけど、なんでこんな変なところに……あ！」

恵美《えみ》ははっとなってゲートの開いた真下に飛び込もうとし、

「えっ⁉　何これヤッベ！　うわああっ⁉」

ゲートから梨香《りか》が出てきたときにはエメラダも駆け出していた。

だがぎりぎり間に合わず、梨香《りか》は牛乳満載の箱を抱えたまま二メートル近い高さから地面に放り出されてしまう。

「痛ったあああああ！」

梨香《りか》は柔らかい草地にべちゃりと落ち、強《したた》か足を捻《ひね》ってしまったのだった。

※

「うおおお……回復魔法！　本物の回復魔法だ……」

靴を忘れたせいで着地のときに思いきり足の裏を切り、しかも足首を捻《ひね》ってしまった梨香《りか》だったが、怪我《けが》をした足を法術《ほうじゅつ》で治療されている間は、痛みよりも目の前で起こる奇跡に興奮していた。

玉座の間に設置された六畳一間スペースで、エメラダの両手から放射される法術《ほうじゅつ》の光に怪我《けが》した足が包まれているのだ。

傍《かたわ》らに置かれた牛乳の箱はかなり凹《へこ》んでしまっているのだが、今の梨香《りか》はそれどころではなかった。

「うきうきしないで。ちゃんと怪我《けが》してるんだから」

興奮する梨香《りか》に、恵美《えみ》は苦笑するしかない。

「ん、あれ？　で、でもなんか、かゆい、すっごくかゆい⁉」

「怪我《けが》が治るとき～、痒《かゆ》い人は凄《すご》く痒《かゆ》くなるみたいです～」

「魔法で治すのにそんなアレルギーみたいな話あんの⁉」

「私も実は、治癒関連の法術《ほうじゅつ》って苦手なのよね。治りきる直前がすごくむずむずするのよ」

「む、むずむず？　あ、ああああ！」

「はいは～い。動かさないでくださいね～。治るの遅くなっちゃいますよ～」

「あああ関節ムズムズするぅ～！　筋肉の内側が痒《かゆ》いいいい!!」

治癒が続く間、梨香《りか》は足を這《は》いまわる不快感に悶絶《もんぜつ》したのだった。

「次からは気をつけてくださいね～。羽ペンは～基本的に転移先をきちんとイメージすることが大事なんです～。リカさんの場合～、しっかり床や地面の上の光景を認識しないと～今日みたいに変な所に出てしまうこともあるので～」

「うん……心します。転移のとき、すごくぼんやりここの外の景色を思い浮かべてた気がする。あれよね。行ったことある所じゃないと行けない魔法道具ってこと、きちんと分かっておかないとね……あれ？　でもそうすると、エメラダちゃんが初めて日本に来たときってどうしてたの？」

「それはソナーという法術《ほうじゅつ》で～大体の空気感を摑《つか》んだんです～。私達の場合は～ゲートの中でも多少の微調整が効きますし～」

「おー……そこらへんは本物の魔法使いとただの人間の違いかぁ。これって極論、魔王城の上の方の窓から見下ろした景色とか思い浮かべちゃったら、何十メートルとかいう高い所に出ちゃうってこともあり得るんだよね」

不安そうな梨香《りか》に、恵美《えみ》は事も無げに言う。

「不安だったら、安全なポイントを写真にとって携帯電話のアルバムに入れておくといいわよ。その写真を見ながらゲートを開くの。下手に頭の中で想像するより、その方が確実だし」

「それはそれで、魔法感が急になくなるなぁ。その理屈で言ったら、下手すりゃ海外旅行とかタダでできちゃうってことじゃない？」

「それは無理。法術《ほうじゅつ》が使えない限り、行ったことの無い場所は空間情報の記憶が自分の中に無いから」

「そっか。まぁそう上手《うま》くはいかないか」

「まぁそれはいいんですけど～靴を履いていないのはどういうことなんですか～？」

「ああ。それはね」

梨香《りか》はヴィラローザ笹塚《ささづか》二〇一号室での漆原《うるしはら》とのやりとりを簡単に話すと、エメラダの顔が一気に険しくなった。

「やっぱり～ルシフェルはカスですね～」

「まぁねぇ、私も千穂《ちほ》ちゃんや芦屋《あしや》さんから色々……え？　カス？」

梨香《りか》は初めて聞くエメラダの毒に目を見開いた。

「そういうところに人間って出るんですよね～。まぁ奴《やつ》は人間ではありませんけど～」

「あ、う、うん」

「リカさんも気をつけてくださいね～。ルシフェルはいつどこでキレて人間に手を出すか分かりませんからね～。悪魔という生き物は原則油断ならない生き物なんですから～」

「わ、分かった。あの、足ありがとね。次は気をつけるから……」

「はい～。そうだ～。どこかに作業用の靴があるかもしれません～。後で届けさせますね～」

エメラダはそう言うと、玉座の窓からひらりと外に飛んでいってしまった。

「うーん、凄《すご》い……治ってる……なんならちょっと荒れてたかかとがすべすべしてる。魔法やべぇ」

「魔法じゃなくて法術《ほうじゅつ》ね」

エンテ・イスラの事情に馴染《なじ》みきっていない梨香《りか》は、未《いま》だに法術《ほうじゅつ》や魔術《まじゅつ》のことを全部ひっくるめて魔法と呼ぶ癖があった。

「ところでさ」

梨香《りか》は違和感の無くなった足首をさすりながら尋ねた。

「ここに至るまでことの知ってれば当たり前っちゃ当たり前なんだけど……エメラダちゃんって、漆原《うるしはら》さんのこと、そんなに嫌いなの？」

「あー……今の？」

恵美《えみ》は少し困ったように笑うと、梨香《りか》の隣に座る。

「そうね。今でこそ仕方なく協力してるし普通に話もするけど、エメは魔王達との共同作業、よく我慢してくれてると思うわ」

「そんな次元の話なんだ。でもま、元々敵対勢力の幹部同士みたいなものだもんね。たださ、前にエメラダちゃんが芦屋《あしや》さんと話してるの見たことあるんだけど、なんと言うか、普通だったんだよ」

「アルシエルは敵対してた頃からある程度話せる悪魔だったたし、あとは……エメとルシフェルは、直接の因縁が多すぎてね」

「直接の因縁？」

「うん。だからね。もしかしたらだけどエメは、私が魔王やルシフェルと表面上だけでも仲良くしてるの、凄《すご》く嫌なんじゃないかと思う。私にはそんな気配、感じさせないけどね」

少し目を伏せる恵美《えみ》に、

「何か凄《すご》いシリアスな気配がするけど、それって、エンテ・イスラの事情には新参も新参の私が聞いていい話？」

「んー」

恵美《えみ》は少し考えたが、やがて大きく頷《うなず》いた。

「むしろ、急にエンテ・イスラとの縁ができた梨香《りか》にこそ、話さなきゃいけなかったことかもしれない。私達『勇者の一行』と『魔王軍』の本来の関係性……もしかしたら梨香《りか》の中の『真《ま》奥《おう》』や『芦屋《あしや》』や『漆原《うるしはら》』のイメージが変わっちゃうかもしれないけど」

「恵美《えみ》がいいなら教えて。私も知りたい」

梨香《りか》の口調は真剣だった。

「千穂《ちほ》ちゃんや、鈴乃《すずの》ちゃんからざっくりしたことは何度も聞いたよ。でも、二人とも恵美《えみ》の旅を、直接は知らないいんでしょ。芦屋《あしや》さん達のこと、そういうところも含めてきちんと知りたいんだ。だから恵美《えみ》がよければ……」

「分かったわ。ただ、どこから話せばいいかな。誰かにあの旅のこと話すの、初めてなのよ。うーん……」

恵美《えみ》はしばし逡巡《しゅんじゅん》してから、エメラダが去った窓を見る。

「エメは私達の中では一番普通に魔王軍に対し敵意が強い人だったの。色々理由はあるし、その中には私の知らないこともきっとあるんだけど……特にルシフェルに対して当たりが強いのには、明確に理由があるわ」

「うん」

言葉を吟味している恵美《えみ》を、梨香《りか》はせっつかない。

恵美《えみ》が自然に話す言葉をただ待った。

「エメは、ルシフェルと直接戦って負けて、服従させられるの。そのせいで、私達の故郷である西大陸のセント・アイレ帝国はルシフェルに支配されることになったわ」

「漆原《うるしはら》さんが国を支配って全然想像できないけど……前々から不思議ではあったのよね。悪魔が国を支配するっていうのが」

「私も未《いま》だに悪魔達が各地で何をしていたのか、きちんと知ってるわけじゃないわ。ただ、とにかく魔王軍の侵攻で人間の支配地域はどんどん少なくなって、西大陸もほとんどルシフェル軍の支配下に入った。私の旅は、そんな絶望的な状況から始まったの」

そして恵美《えみ》は、エミリア・ユスティーナは語り始める。

世界を救った勇者の旅の、その始まりの物語を。

木と木が打ち合う鈍い音が教会騎士の修練場に連続して響く。

聖十字大陸《せいじゅうじたいりく》エンテ・イスラ。

その西大陸の更に西端に聳《そび》える大法神教会《だいほうしんきょうかい》の中心であり聖地、サンクトイグノレッドには、エンテ・イスラ全土にその支部を持ち人を派遣する武闘派聖職者、教会騎士の本部がある。

教会の中心にいる教会騎士は精鋭揃《ぞろ》いであり、高位聖職者を兼任しているが故に法術《ほうじゅつ》の能力も高い者が多い。

自然、その訓練も苛烈かつ強靱《きょうじん》なものになりがちだが、その日、修練上に響く音は明らかに達人のそれを思わせるものであり、時が経《た》つうちにその音の速度は上がり、やがて人が倒れる鈍い音がした。

「それまで！　勝者、エミリア！」

鋭い呼び声とともに、エミリアと呼ばれた小柄な少女は小さく息を吹いた。

「嘘《うそ》だろ……」「いくら天使の血を引くと言ってもあんなガキが」「負けた奴《やつ》が情けねぇのさ」

修練場に集まった教会騎士達は口々に、小さく、だが強い意志を以《もっ》て感想を呟《つぶや》いた。

そこに混じるのは驚嘆と嫉妬と、わずかな怨嗟《えんさ》。

「いや参ったたな」

そんな中、髪を短く切り揃《そろ》えられた頭をぺたりと叩《たた》いた壮年の男がいた。

「今ぶつくさ言ってた連中、前に出ろ。そのボヤき、自分ならエミリアを倒せる自信があってのことだよな？」

男の言葉に応じる者は誰もいない。場の誰もがお互いを窺《うかが》うが前に出ようとはしなかった。

「だろうなぁ。俺も今のを見たらそうなるのは分か……」

「私は構いませんよ」

「ん？」

男の声に、少女の声が割り込んだ。

壮年の男は目を見開いてエミリアの顔を見る。

木剣を片手に構えた少女は、その場の誰よりも小柄なのに、軽くステップを踏みながらその場の全員を睥睨《へいげい》した。

「構わないと言ったんです。自信が無いなら、複数でかかってきてもらっても」

図星を突かれ、侮《あなど》られた。

聖職にあったとしても、武を生業《なりわい》にする者として、怒りが湧き上がらないはずもない。

「お、おいおい……」

壮年の男はエミリアを諫《いさ》めようとするが、それよりもまず周囲の男達がそれぞれに木剣を手にエミリアを取り囲んだ。

「おいおいお前ら大人げないぞ」

「エミリアも同じ教会騎士です。騎士ならば自分の言った言葉に責任は持つべきでしょう」

最も怒気を漂わせた男がそう言うと、エミリアも応じた。

「その通りです。ならばあなたも、自分の言葉に責任を負ってください」

その瞬間、長い髪が流星のように流れた。

「『負けた奴《やつ》が情けない』んですよね」

「ぐおっ!!」

一人が足を払われ、一人が斬撃を回避された後勢いがついた上体を拳でカチ上げられ、一人が返す刀で木剣を巻き取られて肩を強《したた》か打たれ、一人はようやくエミリアの木剣を受け止めるも小柄なエミリアに押しのけられ、体の中心に思いきり蹴りを喰《く》らって吹き飛ぶ。

ものの五秒でエミリアに殺到した教会騎士がうめき声を上げて地に伏し、壮年の男は目を覆って天を仰いだ。

「冗談よせよ……」

エミリアの態度は良《い》いものではなかったが、大の大人が子供の挑発に乗って五人がかりで襲い掛かった上に、全員二太刀《ふたたち》ともたずに地に伏せられた様は、教会騎士としてあるまじき姿に違いない。

壮年の男は呆《あき》れた顔で腰に手を当てると全員に聞こえる声で言い放った。

「修練これまで！　全員罰として修練場を往復持久走百回だ！」

「ガリウス騎士長」

不満そうなエミリアの声に、ガリウスと呼ばれた壮年の男は視線を彼女に落とす。

「全員とは、私もですか」

「全員と言った。もちろんお前もだ」

「納得いきません。私は何も悪いことは……」

「自分の実力をかさに着て対戦相手を挑発した。騎士としてあるまじき振る舞いだ」

「でもそれは！」

「こいつらが実力に見合わない陰口を叩《たた》いた。それは罪だ。だが憂《う》さを晴らすのに実力が下の者を叩《たた》きのめすのが強者の正しい行いか？　それじゃあ魔王軍と変わらんだろう」

「……く」

エミリアはまだ納得がいかないようで悔し気に歯噛《はが》みするが、魔王軍と変わらない、という言葉は効いたらしく、ガリウスに小さく頭を下げた。

「申し訳……ありませんでした」

そしてエミリアは木剣を所定の場所に戻すと、誰よりも早く往復持久走の訓練を開始する。

エミリアに叩《たた》きのめされた男達もよろよろと立ち上がりながら、エミリアに続いて罰走を開始した。

「励んでいるようだな、ガリウス騎士長」

そこに、僅かにしわがれているが強い意志と力を感じさせる男性の声がかかった。

ガリウスは振り向くと、さっと騎士の礼を取る。

「オルバ様。いらしていたのですか」

オルバ、と呼ばれた剃髪《ていはつ》の僧は、楽にするようガリウスに手をかざす。

「どうだ。エミリアの様子は」

「少々仕上がりすぎているくらい、仕上がっています。本気を出されたら私でも勝てるか怪しい……いや、正直私じゃもう無理かもしれませんな」

「そこまでか」

「技術も未熟、精神も未熟、ですが結局圧倒的な力というのはそういうものをある程度補ってしまうものなのでしょう。剣術の位、という意味ではエミリアの技術は洗練されているとは言えない。だがここにいる誰よりも強い膂力《りょりょく》と速度、なにより度胸と実戦勘がある。訓練では、それが悉《ことごと》く優位に働きます」

オルバは、わざわざ『訓練では』と言い添えたガリウスの真意を正確に感じ取った。

「ではまだ戦場には出せんか」

「普通に考えれば、やめておいた方がいいでしょうな」

相手を殺してはいけない、また相手から殺されることのない訓練では、度胸と実戦勘は相手の意表をつく戦法、戦術の要諦となることがままある。

だが命のやり取りをする戦いに於《お》いて、訓練でしか実戦勘を発揮したことのない若者は、実戦で自分より上位の存在と戦う際に積み上げてきた実力が総崩れになることが多い。

「エミリアは若すぎる。今は故郷や父親の仇《かたき》を討つためにはどんな敵も屠《ほふ》れる自信があるでしょうし、それは本心でしょう。ですが、そう言ってそれがスムーズにできる人間は、まぁ十人に一人ってとこです。大体は、本当に理由もなく怖気《おじけ》づくものなんです。その隙は、若ければ若いほど大きくなる。エミリアは、箱入り娘ですから」

「むう……」

オルバは唸《うな》る。

教会騎士の男達を手も無く捻《ひね》る少女を捕まえて『箱入り娘』もないものだが、その評価は正しいと言わざるを得なかった。

十の歳《とし》まで血《ち》腥《なまぐさ》い戦場とは無縁な場所で、父親と幸せに生きてきた農家の娘だ。

聖典の予言を基に大陸中を探査したソナーに引っかかったエミリアを徴発してからの三年は、完全警護の下、訓練を積んできた。

エミリアはまだ本当の戦場も、戦闘も、もっと言うと人の死も知らないのだ。

「悪魔相手には、無理か？」

「……さぁ」

念を押すオルバに、ガリウスは言葉を濁した。

「『悪魔』なんて敵、これまでの我々の歴史には存在しませんから、どこまで『人間の戦士』

の常識が通じるのか、事ここに至っても分かりません」

「事ここに至っても、か。そうだな」

「何かあったのですか」

ガリウスの問いに、オルバは険しい顔で一言だけ言った。

「セント・アイレが陥ちた」


悪魔と名乗る異形の生き物の集団は自らを『魔王軍』と称し、たった一夜にしてエンテ・イスラ中央大陸を支配した。

エンテ・イスラ全土の国家の連携を取り持つ中央大陸央都、イスラ・ケントゥルムの崩壊は、そのまま各国の密な連携が断たれるに等しい事態だった。

だが一夜にして崩壊したイスラ・ケントゥルムの実情を世界が知ることができたのは、宣戦布告があったからだ。

魔王軍の首領たる『魔王サタン』なる者が世界征服を標榜《ひょうぼう》し、中央大陸で生き残った各国の人々を使って布告を伝令させたのだ。

多くの国は最初、その事態を信じなかった。

その決して短くない逡巡《しゅんじゅん》の時が、人類を挽回《ばんかい》しようのない後手に置いてしまった。

世界に衝撃が走ったのは、東大陸全土を統一した大帝国エフサハーンが魔王軍の手に落ちた、という確かな情報が駆け巡ったときだった。

内部に多くの火種を抱えていたとはいえ、エフサハーンは紛《まが》うことなき世界最大の軍事力を持つ国家だった。

それが悪魔《あくま》大元帥《だいげんすい》アルシエルなる悪魔率いる大部隊にものの三ヶ月で制圧されてしまったのだ。

当初、国家元首である統一蒼帝《とういっそうてい》の生死は不明。エフサハーンが誇る八巾《はっきん》騎士団も事実上崩壊した。

それから各大陸の各国は総力を挙げて魔王軍を迎え撃った。

いがみ合っていた各国は突如現れた強大な敵を前に力を合わせたが、それでも一年後にまず北大陸が落ちた。

南と西はそれから更に一年、中央大陸からの侵攻を防いだが、徐々に徐々に進行を許し、そして遂《つい》にエミリアがサンクト・イグノレッドに連れられた年、中央大陸との間にある海の防衛線が崩壊する。

そしてそれから三年。

ついに世界最後の大国であり、魔王軍に対抗し得る最後の砦《とりで》と呼ばれていた神聖セント・アイレ帝国が陥落した。

魔王軍が世界に現れた五年後の、世界が寒くなる秋口のことだった。

神聖セント・アイレ帝国陥落の報に、大法神教会《だいほうしんきょうかい》教会騎士団騎士長ガリウス・リーズレッドは足元がガラガラと崩れるような錯覚を味わった。

「なっ⁉」

「……？」

ガリウスが思わず上げた大声に、走らされているエミリア達がこちらをうかがってくる。

「な、何を悠長にしていらっしゃるんですかオルバ様！　これでは、西大陸は……！」

「それどころではない。北も、東も、南も、既にほぼ全ての国が政体を破壊されたと報告が入っている」

「今からどうにかなるのですか、それは……」

魔王軍と名乗る一団は、世界征服を目的に掲げていると、西の果てで武の鍛錬に明け暮れてきたガリウスすら知っている。

そんな集団が、世界のほぼ全ての国を征服したり壊滅させたりしている状況で、果たしてそこから人間の反転攻勢など可能なのだろうか。

「可能だと、六人の大神官は見ておる」

「浅学の身では理解しかねます。既に人間の領地は西大陸の西端のみということではないのですか」

「その通りだ」

「では……！」

「その情報を、一体誰がここまで伝えてきていると思う。何日かけて、どのような道を通り、何を見聞きして我が下に情報を届けていると」

「は……？」

外交宣教部の最高責任者であるオルバの元には、世界中に散った宣教師からの情報が集まってくる。

中には法術《ほうじゅつ》を介したものも多いが、当然人伝《ひとづて》、口伝でもたらされる情報や物品も数多くあると聞く。

そのときガリウスはハッと目を見開いた。

先ほどオルバは『政体を破壊された』と言った。

だが、国が滅びたとは言っていない。

「王や貴族や政府が滅びても国民が一人残らず滅ぼされたわけではない、ということですか」

「そう見ておる。現実に東西南北全ての大陸から宣教師が帰ってきている。無論、座して待てばいずれ民草は滅ぼされるだろうがな」

オルバは罰走をしつつはっきりこちらに意識を向けているエミリアを横目でちらりと見た。

「実際に村ごと、街ごと滅ぼされた例も多くある。エミリアの故郷もそうだし、世界的に見れば特に南大陸はかなり激しく蹂躙《じゅうりん》されたようだ。タジャ分家国に連なる多くの国が根切りにされたという情報もある」

「なんと惨《むご》い……」

「だが、南大陸の惨状が特に際立《きわだ》って伝えられるということは、その他の地域は街や村や城塞都市の多くがほぼ原形を維持したままだということの証左でもある。実際に、大陸最東端のラムワーゼの港は、西大陸で最初に戦火に晒《さら》されたはずだが、原形をとどめていると聞く」

「なんと！」

オルバは難しい顔で腕を組んだ。

「理由は分からんが、魔王軍は進軍の途上にある小さな町や村は押しつぶすが、人間社会にとって要衝となるような城塞や町は、意識して残しているようなのだ」

言葉を継ぐのを、オルバは迷っているようだった。

「押し寄せる悪魔どもは異形で、恐ろしく、法術《ほうじゅつ》とは思えぬ異様な技を用いる。だが攻め寄せる戦の考え方はまるで……」

「人間のようだ、とでも仰《おっしゃ》りたいのですか」

オルバの言葉を継いだのは、ガリウスではなかった。

「エミリア！　罰走の途中……」

「話に早く加わりたくて、急いで終えました」

「……お前」

まだ走っている男達を見やると、男達も処置無しといった様子で首を横に振った。

「悪魔が人間に似ているなどと、悪い冗談です。大神官様ともあろう方が、血迷われたのですか」

「おいエミリア！」

「ほう？」

無礼な物言いにガリウスは慌てるが、オルバはガリウスを制しエミリアを促した。

「それに、私が実戦で怖気《おじけ》づくとお思いなら、心配には及びません」

「ふふ、勇ましいな。だが我々がお前の覚悟や勇気を疑っていると思っているならそれは違う。お前は今、自分が敵を、悪魔を殺す未来になんの疑いも持っていないことだろう。だがな」

オルバは諭すように言う。

「それでもいざというときにできないのが『敵を殺す』という行為だ。ましてお前は、この聖地で自分より強い者と、戦ったことがなかろう」

「来た当初は、ガリウス師や先輩方に圧倒されていました」

「私がそんなぬるい話をしていると思うのか？」

オルバはそう言うと、ガリウスを下がらせる。

そして、エミリアをはっきりと睨《にら》みつけた。

「っ！」

エミリアは途端に、びくりと身を竦《すく》ませる。

罰走中の騎士達も、思わず足を止めた。

オルバ・メイヤーは、大神官の中では二番目に高齢のはずだ。それなのに若い現役の教会騎士を立ち姿だけで圧倒するその殺気は、およそ齢《よわい》六十に迫る神官のものとは思えない。

「私と立ち会ってみるか？」

「……望むところです」

「オルバ様！」

「構わんガリウス。居丈高な若者を諫《いさ》めるのは年長者の役目だ」

エミリアは木剣を構え、立ち合いの所定の位置に立つ。

一方のオルバは足元まで隠れるようなぞろりとした法衣《ほうえ》であり、徒手空拳だ。

「お怪我《けが》なさいますよ」

「私に怪我《けが》をさせられたなら、御主《おぬし》を侮《あなど》ったことを伏して詫《わ》びようではないか。ガリウス。合図を」

「……どうなっても知りませんからな！」

オルバの醸《かも》し出《だ》す不気味な殺気に違和感を覚えつつも、エミリアは好戦的な目で睨《にら》み、そして、

「始め!!」

ガリウスの合図とともに、合図を出したガリウスが目で追いきれないほどの速度でエミリアはオルバの喉元に鋭く切っ先を繰り出し、

「えっ」

そして、
完全に捉えたと思った刹那、エミリアの視界からオルバが消えた。

「がっ⁉」

横から肩口を強《したた》か打たれ、エミリアは空中でもんどりうつ。

危うく訓練場の地面に顔から落ちそうになったがなんとか体勢を立て直すと、オルバは最初の位置からほとんど動いていなかった。

「あぁっ⁉」

オルバはエミリアの二撃目を許さなかった。

繰り出した右手から放たれる法術《ほうじゅつ》の力はエミリアの足を地面に縫い留《と》め、動けなくしてしまう。

「んぐっ！」

エミリアは足に聖法気《せいほうき》を流して敵の拘束を解こうとするが、練兵場の立ち合いで法術《ほうじゅつ》を使ってくると思っていなかったエミリアは完全に一手遅れ、その隙にオルバがエミリアの眼前に肉薄し、腹の前に左手を添え、次の瞬間、

「があああっ⁉」

エミリアは全身に衝撃を受け、練兵場の壁に叩《たた》きつけられてしまった。

「貸せ」

「オルバ様⁉」

オルバはガリウスの腰から剣を引き抜くと、壁に叩《たた》きつけられたエミリアの喉元にその切っ先を突きつけた。

「ひ、卑怯《ひきょう》では、ありませんか……練兵場の、立ち合いで……」

「卑怯《ひきょう》と言って、悪魔が怯《ひる》んでくれるとよいな？」

「な」

「お主の一手目、私を老いた法術士《ほうじゅつし》と侮《あなど》ったな？　しかも、練兵場の戦いでは法術《ほうじゅつ》を使うまいという思い込みまであった。なんの約束も交わしておらんのに」

「……」

「悪魔という連中は、まだまだ分かっていないことの方が多い。山のような巨人が炎の術を使い、野山の獣にも劣る痩せた小鬼が、恐るべき膂力《りょりょく》を持っていることもあるという。そもそも

人の形からかけ離れた姿の者すらいる。申し合わせの下でしか戦ったことのないお前が。こんな老人の単純な策にすら嵌《はま》るお前が。覚悟と勇気だけで未知の怪物を殺せると思うのか」

「…………」

エミリアは、喉に熱いものがこみ上げるのをこらえようとする。

こらえようとしても、折られた鼻っ柱の痛みは引かず、視界が涙でぼやける。

「ガリウス。エミリアを私に預けろ。ここからは私が鍛える」

「は、いやそれは……」

「情勢に決して余裕があるわけではない。本当ならばもう少しエミリアの心の成長を待ちたかったが」

オルバは嵌《はま》った壁から抜け出せずにもがいているエミリアを見て言った。

「武術と聖法気《せいほうき》の力が一人前に育っただけでも良しとしよう。あとは戦を知ることのみだ」

「何をなさるおつもりですか」

「お主も武人であれば、新兵の訓練の最終行程など理解しておろう」

その段になってようやくエミリアは、腕と足に聖法気《せいほうき》を凝縮し、自分を拘束する瓦礫《がれき》を砕いて脱出した。

「実戦、ということですね」

「壁に叩《たた》きつけられた瞬間に今の脱出方法を思いつけ。私が悪魔なら、お主はこの立ち合いで五度は殺されておる」

「……」

図星を突かれたエミリアは、それでも敵愾心《てきがいしん》を露《あら》わにオルバを睨《にら》むばかりであった。

「やれやれ。これは先が長そうだ」

オルバは敢《あ》えてエミリアにあてこするように、そう言ってやった。

「しかしオルバ様、実戦と仰《おっしゃ》いますが、どのように」

「歴史が動き始めるきっかけは、往々にしてこういった些細《ささい》なことだ。例えば老人が、血気に逸《はや》る童《わらべ》を叱りつけることのような、な」

「は？」

「西大陸最強のセント・アイレが墜《お》ちたこの機を於《お》いて他にない。勇者を生み出すぞ」

◇

神聖セント・アイレ帝国は西大陸の北西部に大陸の四分の一ほどもの広大な版図を持つ大帝国だ。

だが国土が広いとそれだけ管理の手が回らない部分もまた多くあり、こと国境の小邑《しょうゆう》においては魔王軍侵攻の折、東国から魔王軍侵攻の報を矢継ぎ早に受けていたにもかかわらず、帝国の備えは万全とは程遠いものだった。

悪魔は必ずしも、進軍に街道を用いない。

人の国相手の戦ならば街道や山間を抑えておけばそれでいい。

だが悪魔は川や湖を凍らせ、森を薙《な》ぎ、空を切って人間の国を攻めた。

「この村もまた、そういった隙をつかれ滅ぼされた村の一つだ。今では定期的に悪魔が訪れる根城、聖地に攻め入るための橋頭保の一つとなっている」

エミリア達の暮らす聖地サンクト・イグノレッドから東に馬で三日ほど走った、山を分け入った街道の途中にある村を、エミリア達は村を挟む山の中腹から俯瞰《ふかん》していた。

「……本当にこんな村に、悪魔が駐留しているんですか。見たところ、廃村のようですが」

眼下の村は多くの建物が焼けたり崩れたりしており、人がいないのは当然ながら、悪魔らしき姿も見当たらない。

「そうでもない。見よ」

オルバが指さす先を見て、エミリアは目を見開き呼吸を止めた。

背丈は人間の半分ほど。広がった耳介と額に小さな角を持った、明らかに人間ではない異形の生き物が三体、何ごとかを話しながら村の廃屋から這《は》い出《で》てきたのだ。

「あれが……悪魔……！」

「小柄だからと侮《あなど》るな。法術《ほうじゅつ》に似た技を使い、短剣術に長《た》けた者どもだ。長い間人間を相手に戦ってきたものほど、苦戦する」

「……」

エミリアは、小鬼をじっと凝視するのみだ。

「怖気《おじけ》づいたか？」

「私も小柄を武器に、先輩方と戦います。小柄な者の戦い方は理解しているつもりです」

勤めて平静を装《よそお》おうとしているようだが、声は硬い。

実戦に臨むに当たり当然装備も実戦向けのものを装着している。

剣は木剣ではなく鋼鉄製の両刃剣。体の中心や重要な関節を保護するプロテクターを標準装備した軽鎧《けいがい》。罠《わな》や毒を警戒する上での金属板を仕込んだなめし革のグリーブだ。

エミリアはベテランの男性騎士にも勝る体力と膂力《りょりょく》を持っているはずだが、小柄な体に不似合いな重装備が緊張感を高めているのか、妙に息が荒い。

「うむ、そうだな。むしろエミリアより、お主の方が苦労するかもしれんな。ガリウス」

オルバが背後を振り返ると、ガリウスも緊張の面持ちで小鬼を睨《にら》んでいた。

「別にお主がついてくる必要はなかったのだぞ」

「優秀な教え子の初陣《ういじん》です。オルバ様のお力は疑いないものですが、エミリアとオルバ様では戦の作法が違います。オルバ様にお預けすることは承知いたしましたが、剣を振るう先達として、エミリアの初陣《ういじん》だけは見届けたい」

「よかろう。とはいえお主も実戦を離れて久しかろう。油断はするな。セント・アイレの騎士達が敵《かな》わなかった相手だ」

「御意に。して、如何《いか》に攻めます？　敵があの三体だけとも思えませんが」

「うむ。あれを見よ」

三体の小鬼は、村を囲む木に取りついて、何事か作業をしているようだ。

「木材でも切り出しているのですか？」

「そういった手合いもいるようだがな、奴《やつ》らはそんなに生易しくはない」

オルバの言う意味はすぐに理解できた。

小鬼たちが何事かをしていた木が、まるで血肉を得たかのようにうごめき始めた。

「なっ⁉」

「木が……動いてる？」

「あれをただの剣や槍《やり》で制するのは難儀だな」

小鬼達が次々に木の根元で何がしかの術か技を用いると、あっという間に十二もの木々が意志を持って動き始めた。

「この村はサンクト・イグノレッドとセント・アイレの境にある。我らにとってもあちらにとっても重要な防塁。だが悪魔達は人間が街道しか進軍できないと知っているのだ。だからああして、ただの剣や槍《やり》では簡単に倒せない門番を置いているのだ」

「どういうことです？　所詮は大して整備されてもいない森の木です。法術《ほうじゅつ》や、聖法気《せいほうき》を纏《まと》わせた剣で両断してしまえばいいじゃありませんか」

大人のシリアスな顔にエミリアは疑問を呈するが、逆に呆《あき》れたような表情に見返された。

「法術《ほうじゅつ》で戦えば大きな音や光が出る。聖法気《せいほうき》の力を高めれば、簡単に気取られて備えられ不意打ちできなくなる。そして木をいくら切ったところで悪魔の数が減るわけではない。苦戦する割に、勝利したところで益のない敵なのだ」

「少しは考えよ。お主はあまりにも、単純に悪魔を殺せば良いと思いすぎだ」

「……分かっていましたし」

考えの浅さを指摘され、エミリアは口を尖《とが》らせる。

そうこうしている内にも、都合十二本の木が意志を持ったように動き始め、村を縦断する街道を塞ぐように整列し始めた。

「エミリア。私とガリウスがあの魔樹《まじゅ》を処理する。お主は……」

「……あの三体の小鬼、ですね。かかっても？」

「エミリアいいか。危険だと思った時には必ず助けを呼……」

「必要ありません。行きます！」

ガリウスの警告も聞かず、エミリアは隠れていた茂みを飛び出し、一直線に稜線《りょうせん》を駆け下りていった。

「せああああああっ!!」

エミリアは新品の鋼鉄剣を振りかぶりながら、小鬼の一体に猛然と襲い掛かった。

だが。

「ギギッ!!」

当然だが、あんな大声を上げて滑り落ちる音と茂みを引き裂く音を立てながら接近して、気づかれないはずがない。

渾身《こんしん》の一撃は簡単に回避され、エミリアの剣の切っ先は土の地面に深々と突き刺さる。

「あの馬鹿!」

ガリウスとオルバも後から続くが、狙われなかった小鬼はエミリアだけに注視せずに敵に仲間がいないか慎重に探っており、ガリウスは飛び出した途端に弩《いしゆみ》の狙撃を受けてしまう。

「くっ!」

「怯《ひる》むなガリウス!」

一方のオルバは射かけられた矢を拳で叩《たた》き落《お》とす人間離れした挙動を見せ、道を塞いだ木に炎の法術《ほうじゆつ》を放射し牽制《けんせい》する。

「があっ!」

エミリアは柄元まで突き刺さってしまった剣を膂力《りよりよく》だけで引き抜き再び振るうが、第二撃は小鬼の短剣で防がれてしまう。

三体の小鬼は油断なく短剣と弩《いしゆみ》を身構えエミリアを包囲する。

目の前の短剣か、左の弩《いしゆみ》か、未《いま》だ武器を見せていない右か。エミリアが一瞬逡巡《しゆんじゆん》した。

「足を止めるな！　敵に初動を取られるぞ!!」

そのとき、ガリウスの一喝が背骨の神経を覚醒させ、エミリアは正面の短剣に向かって突撃する。

止まれば弩《いしゆみ》の的。右の徒手空拳の小鬼は何を隠しているか分からない。

それなら目の前の何をするか分かっている短剣を最初に倒すのが定石だ。

「はあああああっ!!」

エミリアは最速の突きを繰り出すが、小鬼は難なく身をかわして回避した。

だがエミリアは刃を返すと全身に聖法気《せいほうき》を一瞬で充塡し、ほとんど丸太を振り回す要領で繰り出した剣を横薙《な》ぎに振るい、その動きに気づいた敵の短剣ごと、小鬼を……。

「ぎぁばっ!!」

胴から真っ二つに切り裂いた。

その瞬間、エミリアは見た。小鬼の黄色い瞳が恐怖に歪《ゆが》み、涙を浮かべたのを。

何故《なぜ》見えてしまったのか。何故《なぜ》見てしまったのか。

一対多の戦いならば、一人仕留めたことを確信したら、必ず視線は次の攻撃者に向けていなければならないのに。

それでも自分が初めて武器で奪う命の顔を見たのは、エミリアが『人』だからなのか。

なんだその顔は。貴様らが与えてきた恐怖と涙の数はそんなものではない。

何故《なぜ》、そんな顔ができる。貴様らには恐怖を覚える資格すらない。

何故《なぜ》。何故《なぜ》。何故《なぜ》。

私は今こんなにも、恐怖と嘔吐《おうと》感に苛《さいな》まれているの。

ようやく、ようやく、ようやく憎い悪魔を初めて、自分の手で殺せたのに。

「あぐっ!!」

二重に愚かな真似《まね》をした。

討ち取ってすぐに次の攻撃に備えなかった。力いっぱい胴体を両断した敵を、そのまま真《ま》っ直《す》ぐ見てしまった。

そして、敵の肉体は想像以上に脆《もろ》く、エミリア自身の力は自身が想像した以上に強かった。

最初の小鬼の体は爆発に近い形で砕け、その血がエミリアの目にかかったのだ。

「な、あっ!?」

最後に見たのが死ぬ寸前の敵の顔。

そのまま敵の血で視界が闇に閉ざされ、エミリアはみっともなく動揺した。

「あ、ううっ!」

目の周りをこすろうとしても、軽鎧《けいよろい》の小手と手袋が邪魔し、眼球に付着した血は何か有害な成分でも含んでいるのか、目に激痛を走らせた。

「う、ううっ!!　ああああっ!!」

エミリアは恐慌《きょうこう》をきたし剣を滅茶苦茶《めちゃくちゃ》に振るうが、当然そんなものが残る二体の小鬼に当たるはずもない。

そして、血に目を塞がれ無様に暴れる人間など、敵の良《い》い的だった。

「ぐ、ああっ!!」

左膝の裏に鋭い衝撃と鋭い痛みが走り、首に異様な冷たさがまとわりついた。

「エミリア!!」

ガリウスの声が聞こえるが、それすら方向が摑《つか》めない。

そうこうしているうちに差すような冷気で首が締まり、呼吸ができなくなる。

「が、あああ……!」

徒手空拳の小鬼は、恐らく術使いだ。今まさに首を氷で締められ、エミリアの呼吸は止まろうとしている。

末端の感覚が失われ、赤黒い視界が真の闇に落ちようとした。

エミリアはその闇の向こうに、恐怖を見た。

ほんの数瞬前に殺した小鬼の、死の間際《まぎわ》の恐怖の表情を。

今まさか、自分はあんな顔を……。

「たす……け……」

「遅いっ‼」

エミリアのほとんど無意識の呟《つぶや》きを言い切る前に、ガリウスの巨大な気配がエミリアのすぐそばに降り立つと、首にまとわりついた氷が一瞬で砕かれた。

「げほっ、がはっ‼」

「危険を感じたときには助けを呼べと言ったはずだ‼」

「かはっ、がはっ……」

叱責に応える余裕もない。

そうこうしているうちに顔に冷たい水が浴びせかけられ、ようやく視界がかすかに晴れると、更にオルバが水の塊をエミリアの顔に投げつけてきた。

「やれやれ、先が思いやられる」

晴れた視界の向こうでは、十二本の魔樹《まじゅ》が既に力なく朽ちており、二体の小鬼が明らかに恐慌《きょうこう》をきたした叫び声を上げてこちらを威嚇していた。

「ごあああああ‼」

だが、見えてしまえば弩《いしゆみ》も氷の術も、回避することは造作もない。

「くっ‼」

エミリアはオルバとガリウスの間から駆け出そうとするが、左膝裏に刺さった矢の激痛が全身を駆け巡り、無様にその場に転倒してしまう。

だがオルバもガリウスもエミリアを助け上げない。ただ、二体の小鬼を威嚇するだけだ。

「があああああ‼」

エミリアは血が上った頭で、膝に刺さった矢を引き抜く。

さらなる激痛が全身を貫きまた叫び声を上げるが、構わず右足だけで立ち上がると、術士に向かって右足の力だけで飛びかかり、矢衾《やぶすま》のような突きを繰り出しながらその首を跳ね飛ばした。

今度は首を刎《は》ねる瞬間、目を閉じて返り血を浴びないことも忘れなかった。

魔樹《まじゅ》も仲間もやられ、絶体絶命となった弩《いしゆみ》の小鬼が背中を向けて逃げようとしたが、

「ふっ！」

エミリアは、引き抜いたまま握っていた矢に聖法気《せいほうき》を込めると、その背目掛けて投擲《とうてき》する。

まさしく矢の如《ごと》く飛翔《ひしょう》したそれは的確に小鬼の背を貫き、森に逃げ込む直前の小鬼を地面に倒した。

「……は、はあっ……はああっ……」

周囲から動く敵が消えたことを確認した途端、エミリアは荒い息を吐いてその場に頽《くずお》れてしまう。

複数相手のセオリーを完全に無視し、自分の戦闘中にオルバやガリウスがどこで何をしてい

たかも把握できず、最終的に返り血を浴びたくなくて敵に止《とど》めを刺す瞬間に目を瞑《つぶ》ってしまうというあまりに無様な初陣《ういじん》。

「……どうだった、エミリア。初めての実戦は」

エミリアは叱責をもらうかと思ったが、オルバの声は思いがけず優しかった。

「……殺せました……私は、躊躇《ためら》わずに敵を殺せました！」

「そうだな」

「あいつらをころ……殺すのに、ひぐっ……なんの、たべっ……躊躇《ためら》うことぼっ……うぐっ」

悪魔の血に汚れた瞳から、大粒の涙がぼろぼろと零《こぼ》れ始めた。

「なのに……なんでっ……」

エミリアの手と肩が震え出し、軽鎧《けいがい》がかたかたと鳴り、涙がとめどなく溢《あふ》れる。

「なんでっ……こんなに……嫌な気持ちになるのっ……!!」

血に閉ざされた視界の中で、エミリアは『死』に顔を与えてしまった。

初めて見る悪魔の、初めて見る小鬼の、初めて見る恐怖の顔。

それが、エミリアにとっての死の顔として、頭の中に刻み込まれてしまったのだ。

その直後に感じた痛みと死の気配が、頭の暗闇を小鬼の恐怖の顔で満たす。

「うわあああああああああああああ!!」

エミリアはオルバとガリウスの前で、遂《つい》にこらえきれずに声を上げて泣き始めた。

恐怖と、不甲斐《ふがい》なさと、みっともなさと、恥ずかしさと、そして。

『生き物の命を奪うことが初めてではない』と今更になって思い出したこと。その記憶が、小鬼を殺した瞬間の記憶と結びついてしまったこと。

殺した相手に、申し訳なさと同情を覚えてしまったこと。

殺すべき相手に同情を覚えたことが、滅びた故郷で死んだ父や村人達への裏切りのような気がして。

エミリアは故郷スローン村壊滅の報を聞いてから初めて、人前でわき目もふらず涙を流したのだった。

※

「とまぁ、これが私の最初の悪魔殺しだったわけだけど……梨香《りか》？　どうしたの？」

「いや……いやあ……これ私、どんな顔すりゃいいのかなぁーって」

昔話の流れに一拍置いた恵美《えみ》は、梨香《りか》の顔が名状しがたい形に固まっていることに気づき首を傾《かし》げた。

「ひょっとして、引いちゃった？　言っちゃえば今外で普通に一緒にご飯食べてる悪魔を殺したって話だし、あんまり刺激が強いようなら……」

「いやいやいや、引いたわけじゃなくて、ただ……なんてーのかなー。うん。いや私もさ、千《ち》穂《ほ》ちゃんほどじゃないにしろ、エンテ・イスラの事情を色んな人から聞いてるし、これでも一応大人だから、戦争と戦闘の違いとか、そんな中にいる人達のこととか、平和ボケしたセンスで断じるほどバカじゃないつもりなのよ、うん。ただださ」

梨香《りか》は必死で言葉を選んでいるようだった。

「普通、友達が昔トガってた話って面白かったりある程度笑い話にしたりするもんじゃない？　でも恵美《えみ》の場合、とてもじゃないけど私なんかが『えー昔そんなトガってたんだー』なんて言える感じじゃないし、もっと言うと」

梨香《りか》は魔王城の玉座を振り返ると、眉根を寄せて言った。

「最初に出会った敵を爆発四散させるくらい憎んでたのに、よく今一緒にご飯食べられてるね。これまで私が聞いた話が正しければ、私と鈴乃《すずの》ちゃんが知り合ったちょっと前でしょ？　恵美《えみ》と真奥《まおう》さんが日本で再会したの。それこそ下手したら、笹塚《ささづか》に真奥貞夫《まおうさだお》バラバラ死体ができててもおかしくなかったってことだよね？」

「それは否定できないわね。もしあいつに再会するまで一年も彷徨《さまよ》ってなかったら……要するに日本の水に馴染《なじ》んでなかった頃に再会してたら、きっとそうなってたわ」

「うへ〜。それにしても、まぁそれはそれとして、マジで引いたりとかは無いよ。これでも一応、芦屋《あしや》さんの正体間近で見てるし、千穂《ちほ》ちゃんがマレブランケの人達とあんなに仲良くしてなきゃ、多分普通に今も悪魔に怯《おび》えてる」

「……ありがとう」

「ところでさ、今言ってた、小鬼よりも前に命を奪った経験って、何？　それまで実戦って無かったんでしょ？」

「ああ。うん。実はね、まぁこれは農家に生まれた子供の宿命みたいなものだけど、故郷の村で生活してた頃に鶏《にわとり》を〆て殺したことがあるの」

「あ、ああ、そういう……」

「梨香《りか》、鶏《にわとり》〆たことある？」

「無い。でもどういうことをするかは聞いたことある。何か、頭をでっかい包丁かなんかで切り落とすんでしょ？　そりゃやれって言われても多分私にはできないけどさ、それはほら、食べるためというか生きるためというか、そういう必要なヤツじゃん。なんだっけこういうの、人間は生きるために必然的に罪を犯してるー的な……」

「原罪、ね。大法神教会《だいほうしんきょうかい》にも同じ考え方があるわ。だから小鬼と鶏《にわとり》の経験が、かぶっちゃったのよ。あのときの私にとって、悪魔を殺すのは生きるために絶対必要なことだったから」

「う、なるほどそういうことか……」

「実はね、今はもう、あんまりその小鬼の顔、思い出せないの。どっちかっていうと子供の頃に落とした鶏《にわとり》の頭の方が、しっかり思い出せるくらい」

「うう、ねえ私本当にこの話聞く資格ある？　平和ボケした国で自分が食べてるお肉がどんなふうに作られてるかもきちんと知らない私がさぁ」

「梨香《りか》が辛《つら》いなら、この辺でやめておくけど……」

「聞くよー！　ここまできて聞かないなんてないよー。あー、恵美《えみ》の実年齢が私より四歳も年下なのに、なんか同い年か下手すりゃ年上っぽい感じがあるのようやく分かった。積み重ねたもんが違いすぎるぅ～」

梨香《りか》は頭を抱えながらも、恵美《えみ》から決して目をそらさなかった。

「そ、それで？　その村での戦いはとりあえず勝って、その後どうなったの？」

梨香《りか》が続きを促したときだった。

「面白そうな話をしてますね～」

「あら、エメ」

エメラダが靴音を響かせて入ってきたのだ。

「リカさんの足に合いそうな履き物があったので持ってきました～」

「あ、ありがと……じゃなくて、エメラダちゃん!?　あ、あのね？　私決して興味本位で恵美《えみ》……エミリアの過去ほじくってるわけじゃなくてね！」

梨香《りか》はエメラダの手から東大陸の意匠が施されたサンダルを受け取りながらも、慌てて弁解する。

「慌てないでください～。リカさんがそういう人でないことは分かってますし～。エミリアが自分からそのことを話すのが珍しかったので～せっかくなら私も同席して～エミリアの主観では分からないだろう部分の補足をしようかと～」

「そ、そお……？」

梨香《りか》はごくりと生唾を呑《の》み込んだ。

「でも、エメはセント・アイレの後からのことしか知らないでしょう？」

「そうでもありません～。あの頃はまだオルバも仲間でしたし～多少野心家な部分を警戒こそしていましたが～エミリアの知らない所で交わされた深い話も色々あったんですよ～」

「そうなの？」

「例えばですけど～。オルバが何故《なぜ》～未熟なエミリアを多くの困難を伴うルシフェル討伐に早い段階で差し向けたのか～その理由は知ってます～？」

「え？　反転攻勢をかけるにはセント・アイレの解放が不可欠だからじゃないの？　あとは、聖剣を手に入れた私の力がどこまで上位悪魔に通じるかを見るためと……あとはオルバの裏の目的であるルシフェルとの接触？」

「どれも正解ではあるんですけど～。実はですね～、もう一つ大きな理由があったんです～。あの頃のエミリアには言えない大きな理由が～」

「今はいいの？」

「ええ～今は～。あの頃のトガってたエミリアに言うときっと怒ったでしょうけど～」

エメラダは梨香《りか》の言葉を借りてからかうように言った。

「オルバはですね～、外交宣教部の手下を使って～かなり早い段階から『勇者の一味候補』の情報を集めて～誰をエミリアの仲間にするべきか吟味していたんです～」

「え⁉」

「生き残っている各国の法術士《ほうじゅつし》、騎士、戦士、貴族、中には海賊や盗賊なんて候補もいたそうですよ～？　私はオルバの作った名簿の中で上から四番目くらいだったそうです～。ただ～、そのエミリアの初陣《ういじん》を終えてから～一気に名簿のトップに上がったみたいです～」

「どういうこと？」

「決まってるじゃありませんか～」

エメラダは邪気の無い笑顔で、言った。

「ただ力が強いだけの血気にはやって何するか分からない思春期の女の子は～六十間近のハゲジジイの手には余ったんですよ～」

「は？」

「ああ～……」

梨香《りか》は呆気《あっけ》に取《と》られ、恵美《えみ》はどこか反省したように遠くを見るような目で唸《うな》る。

「その初陣《ういじん》の後に～エミリアは進化の天銀《てんぎん》を授けられたんですよね～？　その頃のエミリアは

本当に扱いづらかったらしくて〜」

「え、ええ？」

「それこそ〜私のエミリアへの第一印象を話したら〜、リカさんをドン引かせることになりますから〜」

「ど、どういうこと？」

「そうですね〜。日本語で分かりやすく言うと〜」

梨香《りか》はごくりと喉を鳴らし、恵美《えみ》は気まずそうに顔を背け、エメラダは恵美《えみ》がそんな反応をすることを分かっているように恵美《えみ》ににじり寄って言った。

「このナマ抜かすクソガキ秒で泣かす。…………って感じでした〜」

「えぇぇぇ？」

※

進化の天銀《てんぎん》、と呼ばれる大法神教会《だいほうしんきょうかい》の至宝を見たエミリアの第一印象は、なんだか神々《こうごう》しくない、だった。

農家の娘であるエミリアは宝石の原石や金鉱石を見たことがなく、それでいてサンクト・イグノレッドに来た後は精錬されカッティングされた金細工や宝石を数多く目にしたため、原石や鉱石が本当に『石』然としていることを知らなかったのだ。

「……なんだか、ボロ《馬糞》みたい」

つい口に出してしまったのは、その歪《ゆが》み方と、銀と呼ぶにはくすみすぎた灰色と、わずかに覗《のぞ》く紫色のくすんだ光を持つその石が、ちょうど馬糞《ばふん》と似たようなサイズだったからだ。

幸い誰にも聞きとがめられることはなかったが、口にしてしまってからあまりに空気を読まない発言だったと、トガっていたエミリアすら反省した。

それほどに、それは一見一切の神秘性を見出《みいだ》せないただの鉱石だった。

だが、六人の大神官全員の立ち合いの下、大神官以外は入ることができない聖地の宝物殿でそれを手渡された瞬間、天銀《てんぎん》はエミリアの聖法気《せいほうき》に呼応して、宝物殿の屋根を物理的に貫き崩し、立ち込める暗雲を割って紫色の光の柱を聖地に打ち立てた。

その光の全てが自分の額に吸い込まれたときには手の中からは天銀《てんぎん》は消失しており、代わりにエミリアの全身は、まるであつらえたようにピッタリの白銀の全身鎧《よろい》に包まれ、その手には羽のように軽い剣が握られていたのだ。

「ここに、聖典の勇者、顕現せり!!」

六人の大神官筆頭、ロベルティオ・イグノ・ヴァレンティアが重々しく宣言すると、オルバを含めた残りの五人は、エミリアに平伏《ひれふ》し、そして聖剣の光が砕いた雲間から垣間見えた青空を振り仰いだ。

そのときばかりは、後《のち》にエミリアを裏切るオルバも、狡猾《こうかつ》な政治家であるセルヴァンテスも、純粋に神の御業《みわざ》に聖職者としての感動に打ち震えていた。

「う、く……」

だが次の瞬間、エミリアの全身から力が抜け、あっという間に鎧《よろい》は紫色の光とともに霧散し、手の中の聖剣は短剣程度の長さに縮んでしまった。

「これはどうしたことか⁉」

大神官の中では気弱さが先に立つマウロが慌てふためきエミリアに駆け寄ると、ロベルティオがそれを制して言った。

「巨大な聖法気《せいほうき》を必要とする至宝である。エミリアといえど、完全な形を維持するのは困難なのであろう。オルバ、如何《いか》にする」

「これればかりは鍛錬を続けるしかありませぬな。エミリアの聖法気《せいほうき》許容量は私を軽く凌駕《りょうが》しますが、天銀《てんぎん》がもたらす聖なる武具はそれをさらに上回る力を要求するようです。通常の武具と併用し、戦ってゆくほかないでしょう……」

「全て……私に任せてください……」

「む」

「分かる……物凄《ものすご》い力です……今の私なら、どんな敵でも倒すことができる……今は大きすぎる力に驚いてしまいましたが……少し慣れれば、簡単に制御してみせます！」

エミリアは強く言い放つと、右手を力強く振るった。

まるでその動きに呼応するように、短剣程度の長さしかなかった聖なる剣は一瞬で長剣に姿を変えた。

「おお！」

大神官マウロは聖剣から発せられる聖法気《せいほうき》と威容に驚嘆したようだったが、セルヴァンテスは眉をひそめてオルバに耳打ちした。

「オルバ殿、大丈夫なのですか」

「うむぅ……」

オルバは唸《うな》るだけで即答しない。

「この力があれば、どんな悪魔にも負ける気がしません！」

「……かなり分かりやすく増長していますが」

「……うむぅ」

セルヴァンテスが言いたいことは分かっていたし、言われなくてもオルバは分かっていた。

エミリアは、間違いなくサンクト・イグノレッドの誰よりも強い聖法気《せいほうき》と戦闘能力を持っている。

ボロボロだった最初の実戦以降、幾度かの悪魔との実戦を経て実戦の勘も積んだ。

だが、それだけだった。

「今の彼女は誰よりも強い戦士ですが、とても『勇者』とは……」

「分かっておる！　分かっておるが……！」

オルバは頭を抱えてしまった。そうこうしている間に、

「あっ！」

エミリアが声を上げ、気がつくと聖剣はまた短剣程度の長さに戻ってしまった。

「……大丈夫です！　これからさらに訓練して、最大の力で戦える時間を長くします！」

「あんなこと言ってますが」

「だから分かっておると言っておる！」

エミリアの戦闘能力だけは、確かに成長した。幾度かの悪魔との戦いを経て予想外の相手との戦いも臨機応変に進められるようにもなった。

だが。

「……エミリアの聖剣授与は済んでしまったのですね」

ガリウスの所に向かったオルバは頭を抱えたままだった。

「滞りなくな」

「実際なんとかなりませんか。今のエミリアは間違いなく人類最強レベルの能力を持っています。中位の悪魔を単独で撃破したこともあります。セント・アイレの帝都エレニエムから派遣されるルシフェル軍の悪魔も、滞りなく撃破してるではありませんか」

「だがルシフェルはエレニエムから動いておらん。これまでの相手とは訳が違うのだ！」

オルバが荒れていた。

「ルシフェルはただ倒せばいいという訳ではない！『勇者』として倒さねばならんのだ！今のままエレニエムでエミリアが暴れてみろ！　どれだけ犠牲が出るか分かったものではない！　戦後処理がとんでもないことになる！」

オルバの配下の外交官教部の修道士達からの情報では、帝都エレニエムでは戒厳令が出ており臣民の外出は制限され、それでいて多くの帝都民が城に召し出され、悪魔達の遊びのために連日殺されているらしい。

セント・アイレの政治を取り仕切っていた皇族や貴族や将軍達はまだ殺されていないようだが、それも時間の問題だ。

だからこそ六人の大神官は見切り発車で『聖剣の勇者エミリア・ユスティーナ』を調《ととの》えた。

このままエミリアとルシフェルが激突した場合、ガリウスの言う通り勝ち目が無いわけでは決してない。

だがルシフェル相手の場合は、これまでと違いただ勝てばいいわけではない。

セント・アイレの国と民を救った上で勝たなければならないのだ。

そして今のエミリアの独りよがりな戦い方では、ルシフェルを倒すこととセント・アイレを救うことがイコールにならず『勇者』という存在が成立しないのだ。

「この際、ルシフェルさえ倒せれば『勇者』の成立は後で、ってわけには……」

「セント・アイレを破壊して悪魔を倒せば、先々教会が救うべき人間の世界から敵視されるかもしれんということが分からんか」

「ですよね……」

老神官と中年騎士は、揃《そろ》って頭を抱えた。

大法神教会《だいほうしんきょうかい》やオルバが、これほどまでに悪魔達の人界侵略が進んでなお、そこまで焦《あせ》っていなかったのは、現状多くの国も町も箱が残っていて、多くの人類が生き残っていたからだ。

だからこそ『聖剣の勇者』を生み出し悪魔達を要所で駆逐してゆけば、人界奪取は比較的容易だと考えていたからだ。

さらに六人の大神官は、教会騎士出身の勇者が各国を開放してゆくことで、悪魔を駆逐した新たな世界で大法神教会《だいほうしんきょうかい》の勢力を、救世主である勇者の名の下に拡大することを画策していた。

だが計算違いだったのは、悪魔の侵略速度が想定より速く、エミリアの精神的な成長速度が想定より遅かったことだ。

いや、そもそも教会がエミリアを発見した時点で、教会が想定していた以上にエミリアの年齢が低かったのだ。

大神官達も信徒も、聖典が告げる世界の危機に立ち上がる勇者が出現するときは、既に戦士として成熟した姿で現れるのだと根拠も無く想像していた。

だが、実際現れたのは十歳になるかならないかの少女だったのだ。

そしてその精神は今もって未熟であり、戦闘スタイルも大雑把。

いざとなれば人間の国や町など滅ぼしても痛《いた》くも痒《かゆ》くもない上位悪魔を相手に、周囲の犠牲を少なく戦い勝利するという緻密な戦略を取ることも、それを学ぶ時間も得られなかった。

ルシフェルに勝つだけなら、ガリウスの言う通り可能だろう。

だがルシフェルがセント・アイレ帝都で全力を出して戦った場合、情報に伝え聞く能力を開放されたらエミリアにはなす術がない。

ルシフェルを倒しても帝都が崩壊してしまえば、それは『国を救った』ことにはならないのだ。

いや、最悪教会が悪魔に代わる侵略者として伝聞され、これから行く先々で歓迎されないどころか人間にすら敵対されてしまう可能性すらある。

もちろんオルバもガリウスも、セント・アイレ奪還作戦が具体的になり始めた頃に、何度も何度もエミリアに噛《か》んで含めるように諭したのだ。

だが、エミリアは表面上素直に聞いているようで、その実、親の説教を嫌がる貴族の子弟のように、聞いたことを実行に移すような思慮を働かせていなかった。

「正直、私も予想外だった。エミリアが、あれほどの力を得るとは……」

わずか数度の実戦は、エミリアの戦闘能力を飛躍的に上昇させた。

ガリウスが最初に言った、未熟な技術や精神を圧倒的な力が補ってしまうを地で行く成長をしてしまったのである。

聖剣を得た今のエミリアを向こうに回せる人間は、今のサンクト・イグノレッドには一人もいない。大神官が六人総がかりでなんとか圧倒できるかどうかというレベルだ。

そしてそれはエミリア自身、体感で理解しているのか、次第に教会の法術士《ほうじゅつし》や騎士達を軽視するような振る舞いが目立ち始めた。

かつて先輩騎士達を挑発したような目に見えて無礼な行動をとることはしないが、その代わり、

「最終的には私が敵を倒せば文句は無いでしょう」

という考えでいることが言葉の端々から感じ取れるのだ。

オルバとガリウスが補佐したエミリアの実戦遍歴の中に、セント・アイレ北辺から逃れてきたキャラバンの一隊を救出するという作戦があった。

キャラバンを追跡する悪魔達をエミリアが先頭に立って打ち払ったのだが、結果としてその戦いでキャラバンは荷の半分と馬を五頭も失ってしまったのだ。

オルバの目から見ても、犠牲の半分はやむを得ないものがあった。

だが残りの半分は、多少思慮深く戦えば容易に救い得た犠牲であった。

命を助けられたキャラバン隊はオルバ達に礼を述べたが、それでも荷を失ってしまい呆然《ぼうぜん》としており、エミリアをどこか恐怖の目で見ていたように思う。

キャラバン隊救出作戦が行われたのは、広い平野を横切る街道の途中。

そんな開けた場所ですら救出対象に犠牲を強いる戦い方しかできなかったエミリアが、人口密集地帯の大都市エレニエムで戦えば、どれほどの犠牲が出るか想像もつかない。

そしてそれらのエミリアの問題点は、既に六人の大神官や高位聖職者たちには共有されており、だからこそセルヴァンテスは先行きに不安を示してきた。

このままエミリアをセント・アイレに突撃させれば、勇者として迎え入れられないどころか、その戦力を恐れて後ろ盾となる教会が不安を覚えて地盤が揺らぎかねない。

「こうなっては、已《や》むを得《え》んな」

「何か、手があるのですか？」

「時間はかかるが、エミリア本人のため、何より私らのためだ。『仲間候補』の優先順位を変更する」

「カリーザ傭兵団《ようへいだん》の頭目を仲間にするのではなかったのですか？」

カリーザ傭兵団《ようへいだん》とは、西大陸の南部で今もルシフェル軍に対しゲリラ的に攻撃を仕掛けている名うての傭兵団《ようへいだん》だ。

頭目のカリーザ・ブルンケンはかつてはセント・アイレの騎士だったこともあり、教会以外では数少ない、悪魔との戦闘経験豊富な戦闘集団だった。

傭兵《ようへい》だけあって西大陸中に人脈を持っていることも先々の旅の有利に働くと考えたオルバとガリウスだったが、

「私らと同じような人種を用立てたところで、エミリアは変わるまい。そもそも年頃の娘など、父親くらいの年齢の男を毛嫌いする生き物だ。ここにもう一人むくつけき男が来たところで、エミリアの増長度合いが増すだけだ」

「は、はあ……」

「それよりも、同性が良《い》い。エミリアと同性で、エミリアより年上で、かつエミリアと比肩《ひけん》し得る戦闘能力を持つ者……」

「お、オルバ様。しかしそれは……」

「分かっておる。仲間候補の名簿の中には二人しかおらんし、彼女達が今生きているかも判然としない。だが、もし彼女達を救い出せればセント・アイレに『勇者』を認めさせる強力な証人になる。エミリアだって年齢が近い頼れる年上の同性がいた方が、旅も少しは楽しく過ごせるだろう」

オルバはやけに早口だった。

「あとは危険ではあるが、エミリアに隠密《おんみつ》行動を覚えさせる良《い》い機会にもなる。彼女を救い出してセント・アイレの実情やルシフェルの戦力を正確に聞き出し、彼女と協力してルシフェルを倒せれば、万々歳だ」

「……オルバ様。彼女達が本当に生き残っているとお思いですか？」

「うるさい！　私だってこんなにも連続して博打《ばくち》を打つようなマネはしたくなかった！　だがもう他に、あのじゃじゃ馬を乗りこなせる人材が思い当たらんのだ！」

「エミリアを乗りこなさせようとするその御仁達も、上位聖職者の我々にとっては十分じゃじゃ馬の部類ではありませんか？」

ガリウスは苦笑し、オルバも力なく頷《うなず》いた。

「やむを得まい。私も二度ほどだが面識がある。話せば分からん相手ではない。今は」

オルバはこれ以上ガリウスに何も言わせまいと、決然と言った。

「セント・アイレ帝国宮廷法術士《ほうじゅつし》エメラダ・エトゥーヴァと、騎士団長へイゼル・ルーマックを迅速に救出する！」

◇

「一体何故《なぜ》こんなことを……」

エミリアは不満をこぼしながら、破壊された街区の瓦礫《がれき》に身を潜ませて、地響きが過ぎ去るのを、息を殺して待っていた。

すぐ隣の瓦礫《がれき》の下で埃《ほこり》だらけの泥だらけになってオルバとガリウスが必死で気配を殺している。

「喋《しゃべ》るな。気取られる」

天気は雨。しかも夜。泥の上に這《は》いつくばる隠れ方は極めて不快ではあるが、静かにさえしていれば無用な戦いを避けられる可能性は高い。

獣の体に角をはやした奇怪な人間の上体が乗っている巨大で異形の悪魔の気配がすっかり通り過ぎたところで、ようやくオルバは息を吐いた。

「あの程度なら、聖剣を使わなくても今すぐ屠《ほふ》れます」

髪にこびりついた泥を払いながら、エミリアは不満そうに言った。

「何度も言わせるな。今ここで私らの存在を悪魔に察知されては後が面倒なのだ」

オルバは若干うんざりしながら、法衣《ほうえ》に付いた泥を叩《たた》いた。

ガリウスは何も言わずに立ち上がり、周囲を警戒する。

帝都エレニエム外縁市域。セント・アイレ帝都の最も外れに位置するエリアは、完膚無きまでに破壊され、多くの悪魔が跋扈《ばっこ》する廃墟《はいきょ》となっていた。

「もう少し行けば、外交宣教部の宣教師が潜伏先を確保している隠れ家にたどり着く。それまでは自重せよ」

「派手な戦いをして家屋を壊してはいけないという理屈は分かります。ですが現実問題、ルシフェルに接近したからといって周囲に一切の破壊無しに戦えるはずがありません」

「手続きの問題だ」

　ガリウスはエミリアの方を見ずに、小さく言う。

「我々がやろうとしていることは『人間の世界を取り戻すこと』だ。お前の自信を信じてないわけじゃない。今のお前なら、ルシフェルだって倒すこともできるんだろうさ。だが勝手に戦って勝手に破壊して勝つのと、セント・アイレの生き残りに話を通して『戦後の復興処理に教会は責任を負わなくていい』と確約させるのでは……」

「教会が負う賠償責任が少なくて済む、ですか？」

　エミリアの怒りに満ちた冷たい声に、ガリウスも困ったように唸《うな》った。

「お金より、今悪魔に殺されるかもしれない命の方が大事だって、分からないんですか」

「エミリア」

「私だってバカじゃない。教会がここまで魔王軍に対し大きな攻勢に出なかったのは、私の戦力としての成長を待つ以外に、私を『勇者』として売り込む機会を待っていたからですよね⁉」

「エミリア、声が大きい」

「……その間に、どれだけの人間が犠牲になったと思うんですか！」

「エミリア！」

「ガリウス。お主も声が大きい。おかげで見つかってしまったぞ」

オルバが呆《あき》れたように唸《うな》り、エミリアとガリウスが闇に眼《め》を向けると、先ほど立ち去った巨大な悪魔が戦斧《せんぷ》を担《かつ》いで駆け戻ってきていた。

「……あれほど大口を叩《たた》いたのだ。他の悪魔に気取られんよう戦えるのだろうな」

「最初からそうすればよかったんです！」

エミリアは手に馴染《なじ》んだ鋼鉄の剣を引き抜くと、地響きを立てて迫る四足の悪魔に真正面から向かってゆく。

「天光駿靴《てんこうしゅんか》!!」

「あっ」

「……バカ者」

エミリアの足が法術《ほうじゅつ》の光を帯びて、その姿が流星の如《ごと》く四足の悪魔に迫る。

悪魔は十分間に合うタイミングでエミリアの剣を迎え撃った。だが、

「せあああっ!!」

エミリアの振り抜いた鋼鉄の剣は、戦斧《せんぷ》ごと悪魔の首を一太刀《ひとたち》で斬り飛ばした。

「この程度の連中なら、何匹来たって……！」

明らかにこれまでとは次元の違う悪魔を一撃で屠《ほふ》ったことで、エミリアの顔にはさらなる自信がみなぎった。

「ガリウス！　とにかく一秒でも早くこの場を離れるぞ！　あのバカ者をふんじばれ！」

「承知いたしました！　鉄光縛鎖《てっこうばくさ》!!」

ガリウスの両掌《てのひら》から迸《ほとばし》る法術《ほうじゅつ》の鎖がエミリアを背後からからめとり、地面に叩《たた》き落《お》とす。

「エッ!?　ちょっ……！」

「早く逃げるぞ！」

「あ、ガリウス様……待っ……！　痛っ！　何するんですか！」

ガリウスはエミリアを引きずったまま駆け出し、オルバは印を結びながら何やら不可思議な術を行使している。

「二人とも一体何を……！」

「黙っておれこの愚か者！　かあああああっ！」

オルバは法術《ほうじゅつ》詠唱もしないまま、巨大な聖法気《せいほうき》球《きゅう》を三つ生み出すと、それをガリウスが走った方とは反対方向に飛ばす。

「ぜぇっ……ぜぇっ……この程度のことで、これほど体力を奪われるとは……くっ！」

なんら法術《ほうじゅつ》的意図を持たないただのエネルギーを飛ばしたオルバは一気に疲弊するが、体に鞭打《むちう》ってガリウスとエミリアを追い始める。

「何をするんですか！」

「ここまできてまだ分からんか！」

息も絶え絶えのオルバの叱咤《しった》と、それは同時に起こった。

オルバの放った聖法気球《せいほうききゅう》が、廃墟《はいきょ》の街を一ブロック進むか進まないかの地点で、突如夜空に紫色の光が一筋走ったのをエミリアは見た。

「なっ……」

流星ではない。

空から紫色の光が、まるで雨のようにオルバの聖法気球《せいほうききゅう》を追って放たれ始めたのだ。

「あれはっ……！」

「いかんな、こっちに来るぞ！」

「ガリウス！　鉄光爆鎖《てっこうばくさ》の聖法気《せいほうき》に引かれておる！　エミリアを放り出せ！」

「くっ！」

「ぎゃっ！」

オルバの警告にガリウスは躊躇《ためら》いなく聖法気《せいほうき》の鎖を解き、エミリアは無様に地面に叩《たた》きつけられた。

その傍《かたわ》らをオルバは一瞥《いちべつ》もせずに通り過ぎる。

「ちょ、お、置いていかないで……！」

「少しは自分のしでかしたことを理解せいっ！」

「う、うわっ！」

泥だらけになりながら飛び起きたエミリアは、こけつまろびつ必死でガリウスとオルバの後を追う。

「────!!」

「────!!」

だがそこに新たな小型悪魔が殺到し始めた。

「ぐっ！　ガリウス！」

「分かってます！　分かってますがこれは……！」

「どうにもならん！　とにかくやるしかない！　エミリア！」

「ひい……はあ……!!」

ガリウスとエミリアは走りながら剣を引き抜き、オルバは懐《ふところ》から小ぶりな戦槌《せんつい》を取り出した。

「クソ、こんなもので戦えるような歳《とし》ではないというのに！」

オルバは豊かな口ひげを汗と泥で汚しながら喚《わめ》いた。

「エミリア！　聖法気《せいほうき》や法術《ほうじゅつ》を決して使うな！　分かっておるな！」

「くっ！」

エミリアは渋面を見せながら剣を振るい悪魔を屠《ほふ》るが、中には鉄の剣とシンプルな膂力《りょりょく》だけでは苦戦する相手が多くいた。

「こ、こんな数、一体どこから……！」

「言っただろう！　これだけの数を引きつければ、たとえ勝てても目立って動きにくくなる！　それでいてこれはエレニエムにいる悪魔のほんの一部分にすぎんのだ！」

上背が倍もありそうな牛頭《ごず》の悪魔相手に膂力《りょりょく》だけで鍔迫《つばぜ》り合《あ》いをするガリウスが怒鳴った。

「ふおおおっ！　はあっ！　はあっ！」

その傍《かたわ》らで戦槌《せんつい》で小鬼の頭を叩《たた》き潰しているオルバは早くも息を切らしていた。

エミリアは苦戦するオルバとガリウスを横目に見ながら、一瞬だけ空を見上げる。

先ほどの紫色の光は明らかに悪魔の力、即《すなわ》ち魔力による術だ。

最近は誰からともなく悪魔の持つ超常的な力を『魔力』、悪魔が使う術法を『魔術《まじゅつ》』と呼ぶようになっているのだが、ともかく奇妙なことに、空に紫色の光を発した魔術の発信源たる悪魔の気配がない。

「どういうことかは分からないけど、もし、そうだとしたら」

「エミリア！　何をしておる！　油断を……」

「ふっ！」

それまで聖法気《せいほうき》を使えないせいで激しく剣戟《けんげき》を交わしていた悪魔の首を、エミリアは敵の剣ごと一瞬で刎《は》ね飛ばした。

「え、エミリア⁉」

驚くオルバの声には構わずエミリアは上空を見上げるが、紫色の光は落ちてこない。

「……私がやります！　二人とも、少し耐えてください！」

「何っ⁉　あ！」

ガリウスが事を構えていた牛頭《ごず》の腕が次の瞬間に吹き飛び、オルバもガリウスも呆気《あっけ》に取《と》られる。

「あの紫色の光は、強い聖法気《せいほうき》に反応する……でも……！」

「ぬっ！」

筋力だけで戦槌《せんつい》を振るうオルバの背後に、二体の小鬼が迫り、オルバはそれに反応できなかった。

だが、その二体は一瞬でその体を両断される。

「一瞬の聖法気《せいほうき》には、反応できないようですよ」

十数体殺到した悪魔を屠《ほふ》っても、新たな紫色の光は落ちてこなかった。

むしろ未《いま》だにオルバが発した聖法気球《せいほうききゅう》の方に新たな光が落ちているのが見える。

「はあ……はあ……なるほど……な」

オルバは荒く息を吐きながら戦槌《せんつい》を地面に放り投げ、手首をほぐす。

「オルバ様が戦闘を回避したがっていたのは、あの光を恐れていたからですか？」

「はあ、はあ……いや、それだけでは……」

「あの光は、どういうわけか発生源に悪魔の気配がありません。考えにくいことですが、複雑な術式を空やどこか高い場所に設置して、悪魔の防備を脅《おびや》かす力を持つ聖法気《せいほうき》、つまり強い人間が近づいたら、自動で迎撃するようになっているんだと思います。ただ、その精度は決して高くない。だから、攻撃の一瞬にだけ敵を斬れるだけの聖法気《せいほうき》を使えば、この術式は反応しない。もしくは……あ」

彼方《かなた》を見るとちょうどオルバの聖法気球《せいほうききゅう》に降る光が消えた。聖法気球《せいほうききゅう》が消失したのだろう。

「ああやって強い聖法気《せいほうき》が近くにあると、そちらを優先して攻撃してしまう、とかですかね。それならば、ああいった囮《おとり》をなんらかの形で置いておけば問題ないことになります。オルバ様に同じことをしてもらい、私とガリウス師が戦えれば、大きな危険は無く、悪魔を駆逐することもできると思います」

エミリアは小さく息を吐いて、今一度周囲に動く者がいないか確認してから血を振るって剣を収めた。

「今は不測の接敵でしたが、この戦い方なら私も聖法気《せいほうき》をほとんど消費しません。ですが最初からこの戦法で挑めば、悪魔を見逃すことなく殺しながらルシフェルに迫ることが……え？」

ガリウスが剣を収めながらエミリアの前に立ち、そして、

「がっ！」

「よせ、ガリウス！」

ガリウスは拳を固め、エミリアを強《したた》かに殴りつけた。

予想だにしないガリウスの暴挙にエミリアは全く反応できず、無様に吹き飛ばされ尻もちをついた。

「が、ガリウス様……？」

「どこまで愚かなのだ、お前は」

「……どういうことですか」

エミリアはムっとした様子でガリウスを睨《にら》み上げるが、すぐにびくりと背筋を震わせた。

教会騎士の一員となって四年あまり。

豪胆で鳴らしたガリウスの悲しみと、無力感と、怒りとが同居したやるせない表情を、エミリアは初めて見たのだ。

「お前は、強い。俺よりも、オルバ殿よりもな。ルシフェルだって、倒すことも可能かもしれない。だがな、オルバ殿はお前に言ったはずだ。セント・アイレでの戦いは悪魔を相手にする戦いじゃない！」

ガリウスは尻もちをついたエミリアの前に膝をつくと、その肩に手をやり揺さぶった。

「『魔王軍』を相手にする戦いだ！　軍だ。分かるか。敵は軍なんだ！」

「……それが、なんだって言うんですか……」

「お前はルシフェルがどこにいるのか知っているのか」

「そ、そんなの、片っ端から倒していけば……！」

「お前は敵の総数を知っているのか。ルシフェルがどう動いているのか知っているのか。追い詰めて逃げられたらどうするつもりだ？　我々三人だけで一度に相手できる悪魔の数は。相手にできない悪魔が報復で帝都の反対側で誰かを殺すとは考えられんのか。それともお前には、全ての悪い可能性を潰して帝都にいる悪魔を全滅させる力があるとでもいうのか！」

「……」

「……お前にしてみれば、俺やオルバ殿、他の大人達が何を言ったところで、弱者の戯言《たわごと》にしか聞こえんのだろう。擦《す》れた大人が、政治や自己利益のための言い訳をして、やるべきことをやっていないだけなのだとな。今ここで悪魔を一体一体倒せば、そいつらに殺される人間が減る。それの何が悪いんだと思っているだろう。何が間違っているんだと思っているだろう」

オルバはガリウスの悲痛な説諭を聞きながら、雨と泥でぐちゃぐちゃになったフードをそれでも深く頭にかぶった。

「……ガリウス、そろそろ動こう。雨が強くなってきた。今なら、歩いても痕跡をたどられづらい」

「俺だって騎士だ！　もし今この場で、目の前で！　帝都の民が殺されそうになっていたのだとしたら、先々不利になることを承知で手を出したかもしれん。だがな、最初のあいつも、今のこいつらも、何もしていなかった。かつては人間を殺していたかもしれん！　だが今この場では何もしていなかった。俺達が先々の状況を不利にしてまで襲いかかる必要の無かった敵なんだ！　悪魔が憎いのは分かる！　俺も同じだ！　だが……お前の、お前の悪魔に相対するそのやり方は……目についた悪魔全てを刈り取ろうとするその姿は……」

　雨が強くなる。

泥と雨を吸った鎧《よろい》の内衣が、鎧《よろい》よりも重く体に張りついた。

「目についた人間全てを殺そうとする悪魔と何が違う……!!」

「……っ!!」

　痛いところを突かれ、エミリアは頭に血が昇り目を見開く。

「私はっ!!」

「二人ともそこまでだ！　何か巨大な魔力が近づいてくる気配がする！　今の状況でこれ以上戦えば、我々も無事ではいられん！　それではどちらが正しいかを証明することもできんぞ！エミリア立て！　ガリウスも、今はこらえよ！」

　オルバの叱責にガリウスは諦めたように立ち上がるが、怒りにかられたエミリアは身を震わせたまま立ち上がれないでいる。

「……また鎖で引きずられたいか」

「立ちます。立ちますよ!!」

　エミリアは吐き捨てるように言って立ち上がる。

鎧《よろい》や体についた泥を払おうとしても、手が泥だらけで払うだけ無駄だった。

エミリアが納得も改心もしていないことは一目瞭然だったが、それでもガリウスが険しい顔で空を見上げるほどには、明らかに巨大な魔力が接近していることが感じ取れた。

「急げ。当初想定していた隠れ家は危険かもしれん。配下と合流したら、すぐに移動するぞ」

「……くっ」

オルバの先導で、悪魔達の死体の合間を縫って廃墟《はいきょ》を駆け足で進む。

三人の焦《あせ》りを代弁するように、雨足が強くなる。

雨と泥と廃墟《はいきょ》の色は、三人を上空の目から上手《うま》く隠した。

エミリア達が殺戮《さつりく》の現場を去って僅か五分後。

「ありゃまぁ」

小柄な影が、空からゆっくりと降下してきた。

影は地面に降りると周囲を見回して、悪魔達の死体を確認する。

「珍しくデカい反応だったからもしかしてと思ったけど……刀傷は複数。剣使ってない奴《やつ》もいるな。でも結局はこの一太刀《ひとたち》、か」

どの悪魔も、死因は明らかだった。

「蒼角族《そうかくぞく》の肩を一撃で切り飛ばすパワーと切れ味。デカいネズミが入り込んだみたいだね。これは……掃除が必要だね？」

◇

帝都エレニエムの破壊されたダウンタウン。その更に端の崩壊した酒蔵の地下。

ある程度の人数が長期間潜むことができる地下のフロアで、オルバとガリウスはようやく安《あん》堵《ど》の溜《た》め息《いき》をついた。

「こんな規模の地下室が、悪魔に見つからずにおるのは驚きましたな」

ガリウスが、蠟燭《ろうそく》の火に照らされた地下空間を見回す。

「帝都のいくつかの場所に、我々はこうした隠れ家を持っております。ここは特に古い酒蔵を改造した場所です。食料や酒の保存に適していましたので、破壊されずに済んだのは僥倖《ぎょうこう》でした」

外交宣教部に所属しているという小柄な女性聖職者が、ガリウスに蒸したタオルを差し出してくる。

「おお、ありがたい。生き返ります」

汚れきった鎧《よろい》や衣類を脱ぎ捨てて、ガリウスは筋骨隆々の体を拭いながら唸《うな》る。

「オルバ様も、こちらを」

「ああ。全く生きた心地がしなかった」

オルバも蒸したタオルを受け取りながら頭と顔を拭い、一度だけ弛緩《しかん》するが、すぐに表情と気を引き締める。

「とはいえ、我々の戦いの跡を調べた悪魔が、周辺を掃討せんとも限らん。少し休んだら、すぐに場所を変えるぞ」

「落ち着いてくださいオルバ様。問題の魔力はこちらでも検知しておりますが、既に帝城の方向へ飛び去っております。今夜、ここは安全です」

女性聖職者は逸《はや》るオルバを落ち着かせるように言った。

「どうしても移動しなければならないとしても、この地下室には地下通路がございます。そこを通れば安全に移動が可能ですから、どうか体と御心をお休めください」

「……むぅ」

オルバは瞼《まぶた》を抑えつつ、唸《うな》って肩を落とした。

「すまぬな……あまりに気を張りすぎて、少々頭に血が上っていたようだ。あー……」

オルバは目を開けると、女性が手にしているもう一つのタオルに目をやる。

「これはエミリア殿の……エミリア殿は、その、大丈夫でしょうか」

女性は背後を振り返り、小さな扉に目をやる。

地下室に案内されると、エミリアは体を清めることもそこそこに案内された小部屋に閉じこもってしまったのだ。

「いじけておるだけだ。放っておけ」

「はぁ……？」

女性は戸惑うが、オルバはそれ以上に混乱していた。

「お主、この後の予定は」

「は？」

「……オルバ様。それではまるで彼女を逢引《あいび》きか何かに誘っているように聞こえますが」ガリウスに言われて、オルバは自分の言動を思い返し渋面を作った。

「ああ……全く。いや、そんなつもりではない。ただ、お主、明日以降エレニエムの拠点から抜けるわけには……」

「その、オルバ様が何をお考えなのかは分かりませんが、私が今エレニエムから抜けてしまうと、連絡に混乱が起こります。概念送受《イデアリンク》も迂闊《うかつ》に使えない状況ですから、皆さんについて戦闘に参加するというわけには……」

「だな。さすがにこの状況でお主が抜けたら混乱が大きいか。お主の力なら、なんとかエミリアについていけるという気もしていたのだが……」

「エミリア殿に、何かあったのですか？」

「あったというか、いつも通りというか……」

オルバは椅子の上で姿勢悪くぐったりとしながら、レンガで固められた天井を見上げた。

「無いモノねだりをしても仕方がない。潜入経路の特定は済んでおるのだろうな」

「滞りなく」

オルバの問いに、女性は法衣《ほうえ》の懐《ふところ》に手を入れ、羊皮紙を何枚か差し出した。

「これはまさか、帝城の見取り図……図面ですか。なんでこんなもの……」

覗《のぞ》き込んできたガリウスが目を見開く。

一国の城の詳細な図面など、国家機密に属する類《たぐい》の情報だ。

そんなものを、如何《いか》にセント・アイレで大法神教会《だいほうしんきょうかい》が広く信仰されているとはいえ、一聖職者が簡単に手に入れられる情報ではない。

また、その羊皮紙がいわゆる公式の書類でないのもガリウスには驚きだった。

だがオルバも女性も何食わぬ顔である。

「これが私らの仕事なのでな」

こともなげに言うと、女性がいくつかのポイントを指さす。

「侵入経路はこの三ヶ所。当然ながら出る場所は全て違うポイントです。オルバ様、今回の潜入の目的は、エメラダ・エトゥーヴァ殿とヘイゼル・ルーマック殿との接触、或《あ》いは救出ということでしたね。正直、かなり厳しいかと存じます」

「どういうことだ」

「……エトゥーヴァ殿はセント・アイレの宮廷法術士《ほうじゅつし》。ルーマック殿は騎士団長。軸の違う力を持つお二人を同じ場所で捕虜にするほど悪魔も愚かではないようです」

「ということは、二人とも生きているのだな」

「はい。エトゥーヴァ殿は法術監理院《ほうじゅつかんりいん》。ルーマック殿は地下牢《ろう》に幽閉されています」

「随分扱いに差がありますね？」

「悪魔の考えることは分からんし、そもそも二人が生きていることすら信じがたいことだからな。あまり気にしても仕方ないことだとは思うが……」

「エトゥーヴァ殿が生かされているのには明確な理由があるようです」

「何？」

「我々も帝城に入れていないので推測レベルではあるのですが、どうやらエトゥーヴァ殿と法術《ほうじゅつ》監理院の法術士《ほうじゅつし》は、多くが生かされたまま法術《ほうじゅつ》研究を継続しているようです」

「なんだと？　どういうことだ。悪魔にしてみれば、セント・アイレの法術《ほうじゅつ》研究など、敵が自分の陣内で武器を開発しているようなものだろう？」

「ですから我々も混乱しているのですが、かなり確度の高い推測です。魔王軍侵攻前から城内に法術《ほうじゅつ》研究に使われる鉱物や薬品、そのほか媒介物質を納入している業者が、今も定期的に城内に入り込んでいるのです」

「訳が分からんな。その業者はエレニエムの業者なのか」

「……いいえ。実は他国に本店のある商会も」

「むぅ？」

口ひげをいじりながら唸《うな》るオルバの横顔を見て、ガリウスもオルバが何に疑問を覚えているのか理解する。

ある程度規模の大きい術を使う際、術者の負担を減らすための方策として、特殊な鉱石を粉末状にして陣を描くことがある。

だがその鉱石は西大陸の南東にあるミアザ共和国と、あとは南大陸の北辺と中央大陸でのみ産出される。

当たり前だが、エレニエムにある備蓄在庫だけでは研究用の素材などあっという間に消失する。だがもし魔王軍がセント・アイレに体系的な法術《ほうじゅつ》研究を継続させるなら、流通ルートは維持しておかなければならないはずだ。

「しかし、魔王軍は中央大陸に現れて、しかも西大陸には東側から侵略してきたはず……」

「ナメてかかるわけにはいかん、ということだ」

これまで接触してきた悪魔達は、どれもこれも言葉の通じない、野山の獣と大差ない生き物だった。

だが、物資の流通ルートを残したままセント・アイレの法術《ほうじゅつ》研究を体系的に継続させるだけの知性があるとなると話は大きく変わる。

「上位の悪魔になればなるほど、人と変わらぬ知性を持っていると見るべきか……」

「そう思います。城内に物資を持って入る馬車は、知性の高い悪魔が見張る城門で検問されていますから」

「それは、いかんな」

悪魔が検問をしている。この事実はオルバや教会にとって脅威だ。

どんな検問かは知らないが、少なくとも検問の悪魔と物資を運び込む人間は、意思の疎通ができているということだ。

現時点ではまだ悪魔は、人間に仇為す《あだな》異形の生物でしかない。

だが、意思疎通の図れる相手、という認識が広まってしまうと、話は変わってくる。

悪魔に逆らうよりも、悪魔に従属、或い《ある》は悪魔と共存する選択をする個人、組織が現れ始めてもなんの不思議もない。

そうなると悪魔は人間に敵対する生物ではなく、意思疎通の可能な蛮族、程度の相手にとどまることになり、人間世界の秩序の混乱は魔王軍出現直後の比ではなくなってしまう。

「単純に考えれば、その業者を懐柔して物資に紛れて内部に潜り込むのが簡単なように思えますが」

「バカを申すな。悪魔と意思疎通はしているが、そ奴《やつ》らが悪魔を恐れて我々を売ったらそれで終わりだ。これだけ知性を持っている悪魔なら、外と通じる荷車で侵入者が入る可能性も考えるだろう。となれば、助ける対象は決まった」

オルバは見取り図の一点を指さす。

「地下牢《ろう》に幽閉されているヘイゼル・ルーマックを救出する。セント・アイレ皇室や諸外国に影響力を持ち、エミリアと同じく剣に生きる戦士だ。仲間としてこれ以上は望めない」

「地下牢《ろう》なら、エミリアも多少は力の使い方を考えるかもしれませんね」

「ルシフェルに見つかって地下牢《ろう》で大暴れした挙句に生き埋めなどという展開は勘弁してほしいところだな」

オルバとガリウスはエミリアの閉じこもっている扉を見て言った。

「……ところで、だ」

オルバは女性に向かって言った。

「西大陸に攻め込んだ魔王軍幹部、ルシフェルとはどんな悪魔だ」

「紫光の熱線と呼ばれる高威力かつ強力な魔術を用います。ご存じでしょうが、エレニエム全体を覆う聖法気検知式《せいほうき》の設置式魔術《まじゅつ》を見れば、如何《いか》に強力な相手であるかはご理解いただけるかと」

「あの光の術が、エレニエム全体、ですと⁉」

ガリウスが驚く。

「はい。ですが奇妙なことに……」

女性は厳しい表情で言った。

「ルシフェルについて分かっていることは、それだけです」

「何？」

「小柄な体軀《たいく》で空を飛ぶための翼を持っているということ以外、外見的な情報はありません。ルシフェルの正確な姿形は分からないままなんです」


「失礼します」

「……」

泥がこびりついた体のまま鎧《よろい》だけ脱ぎ捨て、エミリアは部屋の隅で膝を抱えて蹲《うずくま》っていた。

女性聖職者は沢山の蒸しタオルをエミリアの部屋の卓に置いた。

「こちらで、体を拭ってください。葡萄酒《ぶどうしゅ》はいかがです？　雨で体が冷えたでしょう？」

「……いらない」

「オルバ様から、口をこじ開けてでも飲み食いをさせろと仰《おお》せつかっております」

「いらないって言ってる」

エミリアは身じろぎせずにそう言うが、途端に小さく絞るような腹の虫の音が鳴った。

「後で温かいものをお持ちします。お願いですから体だけは拭ってください。こんな環境なので、シーツを汚してしまうと洗濯がなかなかできないもので」

「あなたは」

「は？」

「こんなところで一人で活動できているんだから、きっと強いのよね」

「多少は腕に覚えはあります。オルバ様や、ガリウス騎士長には及びませんが」

「目の前に倒せる悪魔がいたら、倒すべきじゃないの？」

「時と場合による、としか申し上げられませんが、帝都で戦うならば、倒す順番は考えるべきかと思います。その中で、目の前の悪魔を見逃す選択肢は当然発生するかと」

「あり得ない……そこで見逃して、そいつがよそで何かしたら、どうなるか分からないの」

半泣きの声で喚《わめ》くエミリアに、女性は静かに言った。

「分かりますよ。それでも、そうしなければならないのが『戦い』です」

「………あなたも、私に『勇者』になれって言う気？」

「どういうことでしょう」

「私の力で魔王軍を駆逐して世界中に『勇者』を売り込んで、それで、戦後に私の名前を使って世界のイニシアチブを摑《つか》むための道具になれって言うのね!?」

「エミリア殿」

「私に悪魔を見逃す理由なんてない！　政治なんかやりたい連中が勝手にやればいい！　私は！　自分が見逃した悪魔が、また私のような子供を作り出すかもしれない！　そんなこと

「………私は、耐えられないっ……!!」

「エミリア殿……」

「来ないで！　あっちへ行って!!」

近づこうとする女性を、エミリアは拒んだ。女性も無理に近づこうとはしなかった。

自身の纏《まと》う法衣《ほうえ》が、どこまでも彼女に拒絶されると理解してしまったからだ。

「……失礼します。どうか、そのお力を振るう場面を熟慮してくださいますよう」

「あっちへ行ってって言ってるでしょう!!」

女性は一礼すると、タオルを置いて部屋を辞した。

「オルバ様」

「む」

部屋の外で待機していたオルバに、女性は声をかけた。

「エミリア殿は、かなり精神的に参っています。故郷や家族を失ったことが現在の行動に強い影響を及ぼしているようです。大人や戦士の理屈で物を説いても、耳には入らないかもしれません」

「それくらいは分かっておる。だが、やってもらわねば世界は終わる」

「……」

オルバの厳しい横顔に、女性は嘆息した。

「……私に皆さんの旅に直接協力できるような実力はありません。ですが……このままオルバ様とガリウス殿に、エミリア殿と今のまま旅をさせるのは、あまり良くない気がしました」

「ん？」

「今すぐ、という訳にはいきませんが、ルシフェル撃破の暁には、私が皆さんの旅の補助ができるよう、組織を編成し直そうと思います」

「どういう意味だ」

「はっきり申し上げて、お二人ともエミリア殿が年端《としは》の行かぬ女子であるということと、そんな年端《としは》もゆかぬ女子との接し方を理解できているとは思えませんので」

「む、むぅ……」

オルバは思わず
「エトゥーヴァ殿、ルーマック殿、どちらでも構いませんが、無事救出して皆さんの仲間になってくれることを切に願っております。それでは、失礼いたします」

オルバの声に構わず、女性は静々と隠れ地下室の奥に消えていった。

「むぅ、おい。おい待たんかベル！」

オルバは頭を掻《か》きながら、ベルと呼ばれた女性が消えた通路の奥と、エミリアが引き籠もっているドアを交互に見た。

「……本当に分からん」

◇

人がギリギリすれ違えるかどうかの狭く薄暗く湿った通路を、エミリアとオルバとガリウスは蠟燭《ろうそく》を灯《とも》したランタンの光を頼りに進んでいた。

帝都中央街区外縁。

帝都は帝城を中心として、同心円状にいわゆる階級社会が広がっている。

帝城に最も近いエリアには貴族や近衛《このえ》などの上級騎士に大商家などの富裕層しか住めないようなエリアがあり、その外側に中産階級が住まうやや広いエリアがある。

その中産階級エリアに、帝城に通じる隠し通路が存在しており、エミリア達はその通路を『逆走』しているのだ。

当然だがこの手の通路は、帝城が攻め入れられたときに、帝城にいる貴人が外部に退避するためのものだ。

「だが、少なくとも使われた気配は無いな。魔王軍の侵攻にあたり、誰もこの通路を使うことができなかったと見える」

「……そんなことが、何故《なぜ》分かるんですか」

エミリアの問いに、先頭を歩くオルバは手に持ったランタンから蠟燭《ろうそく》を取り出した。

「？」

「火が揺れない、ということは？」

「風が、無いってことですよね？」

「その上で、そこを見よ」

オルバは進む先の地面を指し示した。

セント・アイレは建国してからこの方、外敵に帝城まで侵攻されたことは無く、帝城の中の人間がこの通路を使う機会は魔王軍侵攻時以外に無い。

「通路に溜《た》まった埃《ほこり》、砂、泥……そういったものに足跡が全く無い。我々が逆走する足跡だけだ。潰されていないところを見ると、誰かが魔王軍に密告したということは無さそうだ」

「もしくは、密告する前に殺されてしまった、か」

「……かもしれんな。いずれにせよ、既にここは敵の懐《ふところ》だ。油断無く行くぞ」

実際オルバは油断無くゆっくり足を進めている。エミリアは焦《じ》れるが、さすがに激しく音を立てて走る場面でないのは分かっているため、素直にオルバに従っている。

「ん……」

そのとき、エミリアの足がかすかに流れる水を踏んだ。

「水が流れてる。この通路、どこかから水が流れ込んでいるんじゃありませんか。崩れてきたりとかは……」

「この程度の水の流れなら問題無い。古い通路だから多少の浸食はあるが、よほどの衝撃が与えられなければ崩れたりはせん。分かるな？」

「……分かってますよ」

エミリアは口を尖《とが》らせる。

「オルバ様。逃げるときもこの通路を使うのですか」

「……そうしたいところだが、そうもいかんだろうな。最悪は、戦いながら帝城を脱出することも視野に入れるしかない」

「ルーマック騎士団長やエトゥーヴァさんを助けた後に戦う覚悟があるのなら、逃げるよりもルシフェルを倒してしまった方がいいんじゃないですか」

「言っただろう。ルシフェルがどんな姿をしているのか、誰も分からんのだ。今も、ルシフェルと推測できるような巨大な力は感知できない」

「昨日の大きな魔力ではないのですか。あれはこれまで感じた中で最も巨大な力でした」

「そうかもしれんがそうではないかもしれん。いいか、ルシフェルと対峙《たいじ》するのなら、確実な情報が必要だ。今の我々には、圧倒的に情報が足りない。ルーマック殿かエトゥーヴァ殿を救出して、魔王軍の内情やルシフェルに関する確実な情報を手に入れなければならん……話はここまでだ。そろそろ出口が近い。口を閉じよ」

オルバは蠟燭《ろうそく》の灯《あか》りすら消し、壁に手を突いて歩き始め、エミリアとガリウスもそれに従う。

その暗闇の中、エミリアは小さく呟《つぶや》いた。

「……情報があれば、いいんですね」

それから十数分ほど歩いたところで唐突に通路が終わる。

「着いたようだ。慎重に行くぞ」

オルバは暗闇の中で周囲をぺたぺたと触ってから、ある一点で手を止める。

「ガリウス、ここを引いてくれ」

向かって左側の壁に、這《は》いつくばってようやく通れる程度の扉が内開きで開く。

扉の外に人や悪魔の気配はなく、率先して外に出たオルバの合図でエミリアとガリウスはするりと外の通路に出る。

「図面が正しければ、ここは地下牢《ろう》の一つ上の階層のはずだ」

「見張りを置いていないのでしょうか」

「置いていないか、もしくは置く必要が無いか……」

「……捕虜は、既に死んでいると？」

「可能性の問題だ。ガリウス、後ろを頼む。行くぞ」

二人はエミリアを挟んで静かに石の階段を下りてゆく。

最初にエミリアは、先頭も殿《しんがり》も任されなかったことにかすかに不満を覚えた。オルバが地下に向けて足を進める度に、エミリアは違和感に気づき、そんなことはどうでもよくなってしまった。

「何……この、臭い……」

「これは……いかんかもしれんな」

オルバも冷や汗を流しながら唸《うな》った。

そして、予感はすぐに的中する。

「遅かった、か」

「う……」

「惨《むご》い……」

オルバは目を伏せ、エミリアとガリウスも口を覆って顔を顰《しか》めた。

地下牢《ろう》には、死臭と腐臭が立ち込めていた。

さすがに強い国の広い城だけあって、地下牢《ろう》もまた広大だった。

だが、そこにあるのは一体いつからそこに投獄されていたかも分からない人間の死体のみ。

「女性に、子供まで……悪魔どもめ……！」

ガリウスは、すぐそばの鉄格子《てつごうし》の中にある、貴族の服を纏《まと》った死体を横目に唸《うな》る。

「く……」

鉄格子《てつごうし》の向こうに自分と同じ年頃の女性の死体があることに、エミリアはこれまで以上の怒りを覚える。

「どうします。オルバ様」

「……望みは薄いが、生き残りがおらんかどうか探さねばな。ルーマック騎士団長も、亡《な》くなっておるのならそれは確かめねば。この後、エトゥーヴァ殿と接触するためにも彼女の生死を把握しておくのは悪いことではない。行くぞ」

広大だが複雑に曲がっている地下牢《ろう》を油断無く歩くが、全ての牢《ろう》には例外なく死体が詰め込まれている。

「人間の尊厳を、なんだと……っ！」

「これが、悪魔の殺し方……お父さんも、こんなふうに……っ！」

「二人とも落ち着け。もしかしたら生き残りがいるかもしれん。目を凝らせ！」

オルバも死臭に顔を歪《ゆが》めながら、それでも丁寧に牢《ろう》を観察する。

その叱咤《しった》にエミリアとガリウスも気を取り直して、口で息をしながら必死で周囲を見回すと、

「っ！　今、そこの牢《ろう》で……！」

エミリアの目が、かすかに動くものを発見した。

「オルバ様！　あの人、生きています！」

「どこだ！」

エミリアが指さす先の死体の山に、確かにかすかに動くものがあった。

「エミリア！」

「はいっ！」

エミリアは一瞬の聖法気術《せいほうきじゅつ》で牢《ろう》の鍵を両断する。

ガリウスが通路を見張り、オルバが中に入ると、動いていたのは中年の男性だった。

「助けに来た。喋《しゃべ》れるか？」

「う……あ……教会の……？」

「よく生きていてくれた。エミリア、水を」

「はい！」

エミリアが革袋の水筒を差し出し、中年男性の口にあてがう。

「う……ぐ……た、助けに、来てくださったんですか……？」

「そうだ。情報が欲しい。お主は何者だ。この牢《ろう》にルーマック殿がいるはずだ」

「じ、自分は、ルーマック騎士団長麾下《きか》の、騎士です……今は、法術監理院《ほうじゅつかんりいん》で、雑用ばかりしていました」

エメラダ・エトゥーヴァのいる部署の名に、オルバ達は顔を見合わせる。

「おお、ルーマック殿の。ルーマック殿と、エメラダオ・エトゥーヴァ殿はご無事なのか」

「ルーマック騎士団長がいつ投獄されたのかは、恥ずかしながら、自分には分かりません……エトゥーヴァ院長は自分が投獄されるまでは……少なくともお元気でしたが」

「お主が……む」

生存者がいた驚きで気づかなかったが、中には完全に乾ききった死体がある中で、思いがけずこの騎士の顔色は悪くない。

右足と左腕を折られているが、顔色はさほど悪くなく痩せてもいない。

「一体いつだ」

「昨日急に……。それまで何も無かったのに、外部と連絡を取ったと難癖をつけられ、突然拷問を受けて自分以外にも、何人か……」

「むぅ」

オルバの脳裏に、安堵《あんど》と落胆が同時に起こる。

エメラダ・エトゥーヴァの情報が得られそうなのはありがたいが、昨日今日で投獄された者がルーマックの状況を知っているとは思えず、更に言えば彼らが外部と連絡を取ったと疑われたことと、昨日自分達が大立ち回りを演じたことが無関係とは思えなかった。

「む、ぐお……」

「悪魔どもに気取られるわけにはいかんから、今はこれだけしかできん。立てるか」

「な、なんとか……」

神経に障《さわ》る回復法術《ほうじゅつ》に堪えながら、騎士の男は立ち上がる。

「自分以外の騎士や、法術士《ほうじゅつし》も何人か投獄されたはずです。皆、まだ生きているといいが」

「早く助けに行きましょう！」

エミリアが険しいながらも顔を明るくして、牢《ろう》を飛び出し周囲を見回す。

だがオルバとガリウスは目配せして、渋い顔を作った。

単純に、救出対象が多すぎるとそれだけ逃走が難しくなるからだ。

とはいえ、今ここで、ルーマックの消息以外は対処しないと言えば、またぞろエミリアは癇《かん》癪《しやく》を起こすだろう。

「良《い》いか。できるだけ静かに。戦闘になったら庇《かば》えんかもしれんからな」

とはいえ、上手《うま》い具合に連れ帰れれば貴重な情報源となる。可能な限り連れ帰りたいのも間違いのない本音だ。

「オルバ様！　ここにも！」

エミリアが新たに見つけたのは、若い法術士《ほうじゆつし》の男女だった。

それぞれがやはり騎士のように怪我《けが》をさせられて投獄されていた。

話を聞くと、

「ぼ、僕もその騎士の人と同じです。監理院にいたら、急に昨日、悪魔に投獄されて……」

「私もです。下《した》っ端《ぱ》ですけど、一応研究に従事していたんですが……」

「いかんな。こうなると、私らの動きは察知されておるかもしれん。他に投獄された者はおるか？」

騎士に比べて法術士《ほうじゆつし》の二人の怪我《けが》は軽傷だったが、悪魔側が『強力な聖法気《せいほうき》の使い手』の接近に気づき城内の粛清を始めたのだとすると、救出するべき相手が更に増えてしまうかもしれない。

「分かりませんが、私達だけではないと思います」

「早く助けないと！」

法術士《ほうじゅつし》の女性の話を聞いてエミリアは逸《はや》るが、オルバは言い知れぬ不安を覚えた。

「……いや、ここで退く」

「どうしてですか！　まだ牢《ろう》は沢山……！」

「我々は泳がされている可能性がある」

「どういうことですか」

「こ奴《やつ》らの怪我《けが》が浅すぎる。粛清にしては人数も少ない。私ら個人が特定されているわけではないだろうが、帝城に接近する人間をおびき寄せている可能性がある。長居は危険だ。彼らだけでも助けられたのは僥倖《ぎょうこう》だと考えねば」

「で、でも……」

「控えろエミリア。私らが死ねば、助けられる者も助けられなくなるのだ」

エミリアは歯噛《はが》みするが、それでも珍しくオルバに逆らわない。死体の山の中に大勢の騎士の姿を見ているので、さすがに慎重になっているのだろうか。

すると、法術士《ほうじゅつし》の男性が思いきったように言った。

「あ、あの……でも、それなら僕らは残ります、ただ……ルーマック騎士団長だけは、助けてください！」

オルバとガリウスが、目を見開き、エミリアと捕虜の二人も驚いて彼を見た。

「は、はい。ルーマック殿は、生きているのか⁉」

「は、はい。ここに放り込まれた後ですけど、ルーマック騎士団長の声を聞きました。多分、もっと奥の方から……」

「確かなのか⁉」

これにはオルバだけでなく、騎士の男も法術士《ほうじゅつし》の男に迫った。

「確か、だと思います。僕、ルーマック騎士団長とは面識があって……」

オルバは気弱そうな法術士《ほうじゅつし》の若者を見下ろしながら、頭の血管がはちきれそうになるほど考えた。

「ルーマック殿が投獄されたのがいつか、分かる者は？」

「そんなに前じゃありません。多分、二週間くらい前……」

「二週間、か。それではもう……」

セント・アイレが落ちてすぐ、ということだろうか。常人なら飲まず食わずでいれば確実に死ぬ時間だ。

「そういえば私、見ました。悪魔が奥の牢《ろう》に、食べ物と革袋を持っていったのを。もしかしてあの袋が水だったりしたら……」

「ぐぬぅ……」

今度は法術士《ほうじゅつし》の女性がこんなことを言い出した。

二週間投獄されて一切飲まず食わずなら確実に死んでいる。

だが、悪魔がルーマックの人間社会における価値を理解し生かしているのであれば、それを確かめずに帰ることはできない。

「魔下《きか》の騎士であるお主なら、ルーマック殿の顔は分かるな。我々はルーマック殿と深く面識があるわけではない。悪魔がルーマック殿を攫《さら》われまいとするなら何か偽装していることも考えられるが、見抜けるか」

「我々が将軍を間違えるはずがありません。対悪魔を想定したものではありませんが、敵国の捕虜になった場合に備え、騎士団には口頭と法術《ほうじゅつ》的なものと、一通りの符丁があります」

「よし。ルーマック殿の安否を確認しにゆく。すまんがお主らにも、もう少し付き合ってもらうぞ」

エミリアとガリウスと捕虜の三人は力強く頷《うなず》き、死臭漂う牢《ろう》を更に奥に進む。

「深い、ですね」

エミリアの感想に、オルバも頷《うなず》かざるを得なかった。

「歴史の長さが、そのまま国の闇の深さを表しているかのようだな」

「歴史の長さが、闇の深さ、ですか」

法術士《ほうじゆつし》の若者の呟《つぶや》きに、オルバは頷《うなず》く。

「年寄りの戯《ざ》れ言《ごと》だ。気にされぬよう」

「いえ、僕はそういう考えを持ってこなかったので、なるほど、と思って」

気弱そうだが、死臭漂う牢《ろう》の中で足を震わせることもなく芯の強いところを見せるのは、さすがに帝城に上がることを許された法術士《ほうじゆつし》というところか。

「オルバ様」

そのときガリウスが耳に手を当てる。奥からかすかに、意思を伴った金属的な音が聞こえた。

「ルーマック殿か！」

オルバの足が速くなり、最奥《さいおう》の牢《ろう》にたどり着く。

「ルーマック殿！　ご無事か！」

「……誰……だ……？」

「この、人が……ルーマック騎士団長？」

エミリアは驚いた。

エミリア自身、セントアイレの国民であり、救出対象として選出される以前から若い女性騎士であることは知っていた。

だがこうして目の当《ま》たり《あ》にすると、鎧《よろい》や剣よりもドレスを着ていた方がいいような気品を漂わせる人物だった。

そしてすぐにそのことが異常だと理解する。

悪魔の進撃に敗北し、こんな闇の奥底で最低でも二週間以上幽閉され、多くの死臭に囲まれてなお、高潔さと気品、そして威圧感を失わないでいられる人物がどれほどいるだろうか。

やせこけ、髪はバラバラに乱れ、両腕、両足が鎖に繋《つな》がれている。死臭と腐臭の中でそれでも瞳は光を失っていない。

「大神官のオルバ・メイヤーだ！　助けに来た！　エミリア！」

「は、はい！」

「オルバ……殿……かたじけ、ない……この、有様《ありさま》で……」

エミリアが鉄格子《てつごうし》の錠を破壊し、ルーマックを拘束する鎖も破壊した。

「君、は……」

「教会騎士、エミリア・ユスティーナと言います。立てますか」

「えみ……りあ……ああ、そうか、君が……教会の選んだ『勇者』か」

声色は思いの外はっきりしている。

「私のこと、知ってるんですか」

「君の……げほっ……君を、聖地に連れていくことは……教会から国に、通達が……げほっ」

「あ、み、水をどうぞ」

「すまない……んぐ……」

ルーマックは筋張って細くなった手で思いがけず力強く水筒を摑《つか》んだ。

「怪我《けが》は無いか。立つことはできるか」

「少々、弱ってはおりますが……この程度で、参りは、しません」

ルーマックはふと顔を上げると、捕虜だった騎士に目を留《と》めた。

「ゴドウィン。生きていたのか」

「団長……よくぞ、よくぞご無事で……！」

「無事……ではないが、お前も、な」

ゴドウィンと呼ばれた捕虜の騎士とルーマックは、笑顔を交わすと同時に両手で法術印《ほうじゅついん》を結ぶような仕草をする。それがゴドウィンの言っていた相互確認の符丁なのだろう。

「オルバ殿。間違いなくこのお方はルーマック騎士団長です！」

「……そうか、分かったエミリア、彼女を支えてやれ」

「はい。ルーマック騎士団長、肩を」

「あ、ああ……」

「私も手伝います！」

すると、捕虜だった法術士《ほうじゅつし》の女性がエミリアの反対側からルーマックを支えた。

「………君は、エメラダのところの……確か、アンナとかいう……」

「覚えていてくださったんですね。アンナ・イリです」

アンナと名乗った法術士《ほうじゅつし》の女性は緊張感の中の安堵《あんど》で涙を浮かべていた。

「それでは、行きましょう！　少し長くいすぎた」

ガリウスが先導して、エミリアとアンナはルーマックを牢《ろう》から連れ出す。

「大丈夫。まだ誰かが来る気配はありません。行きましょう」

法術士《ほうじゅつし》の若者がガリウスとともに先導し、今度はオルバが殿《しんがり》となって地下牢《ろう》を脱出通路まで引き返す。

他の生き残った捕虜は、敢《あ》えてこれ以上見つけようとはしなかった。ルーマックを見つけた以上、一秒たりとも長居は無用だ。

だが。

「わあっ⁉」

秘密の通路に繋《つな》がる階段を上がった場所で、法術士《ほうじゅつし》の若者が悲鳴を上げる。

「単眼刻印鬼《サイクロップス》⁉」

ルーマックが掠《かす》れた声で叫ぶ。

脱出通路の前に、城の通路の天井に届くかのような巨大な鬼が立っていたのだ。

鬼は拳を迷うことなく振りかぶり、法術士《ほうじゅつし》の若者を吹き飛ばす。

「うわああっ⁉」

「君っ！」

ガリウスは若者を目で追うが、

「だ、大丈夫です！」

若者は法術《ほうじゅつ》の防護壁で、なんとか直撃を防いだらしい。思ったよりダメージは無いようで、壁に叩《たた》きつけられてもすぐに立ち上がった。

「将軍を、お願い！」

エミリアは彼にルーマックの肩を預けると、自分も剣を抜いてガリウスに並び鬼の拳を迎え撃つ。

「これは重いな！」

ガリウスは鬼の拳の速度と威力に、真正面から事を構えるのを避けている。

「エミリア！　合わせろ！」

「はいっ！」

ガリウスとエミリアは鬼の拳をいなしながら、同時に鬼の肩口に向かって剣を繰り出す。

ガリウスもエミリアと同じく一瞬の聖法気《せいほうき》を剣に凝縮し、同時に鬼の全身を切り刻んだ。

「ごあああああああ!!」

咆哮《ほうこう》とともに鬼は事切れ、地に倒れ伏す。

不意の接敵の割には簡単に敵を処理できたがしかし、

「クソ、通路が破壊されている」

ガリウスが単眼刻印鬼《サイクロップス》の死体をどかした背後にあったはずの、隠し通路への扉が崩壊しているのを発見する。

「他に脱出路があったはずですよね？」

「あるにはあるが、法術監理院《ほうじゅつかんりいん》に行く必要がある……ここを潰されたということは……向こうも、もしかしたら……」

ルーマックの言葉に全員が深刻な顔を見合わせるが、アンナが小さく呟《つぶや》く。

「でも……監理院なら、もしかしたら……」

「どういうことだ？」

「監理院は、帝城の中では一番被害が少ないんです」

「魔王軍は、セント・アイレに人間の法術《ほうじゅつ》を研究させてるんです。僕も、理由は分かりませんが」

法術士《ほうじゅつし》二人がそう言う以上、今はそれを信じるしかない。

「他の悪魔に気取られてはおらんか？」

オルバの問いに、ガリウスも、そしてさすがのエミリアも厳しい顔色で首を横に振る。

「今のところ増援が現れる気配はありませんが、楽観していい状況じゃありません。エミリア、ルーマック騎士団長を。君、監理院まで案内してもらえるか」

「はい。こっちです。いてて……」

「大丈夫か？　かなり派手に飛ばされたようだが」

「防御が間に合ったんで……直撃したら、多分死んでますよ」

若者は乾いた苦笑を浮かべながら、ガリウスとともにまた先頭に立つ。

「……昨日の魔力が現れないのは、何故《なぜ》だ。ルシフェルは、一体……」

殿《しんがり》を歩きながら、オルバは胸に宿る嫌な予感に苛《さいな》まれていた。

上手《うま》くいきすぎている。ルーマックが比較的簡単に発見できたことも、ルーマックが喋《しゃべ》れる程度に無事なことも、敵の増援が現れないことも。

「こっちです。よかった。見張りの悪魔がいない」

若者は、複雑な城内の通路を迷わず歩みながら緊張を滲《にじ》ませて言う。

「……どうしてこんなに警備が手薄なの？」

エミリアの問いに、若者は首を横に振る。

「悪魔達が騒いでいました。昨日、大勢の悪魔がやられたって。皆さんのこと、ですよね、きっと」

「そ、それは……」

「帝都の侵入者を狩り出すために、大勢の悪魔が散っています。だから今、帝城は手薄なはずなんです」

「そんなことがあり得るの？」

「だって、こんな状況ですよ？　西大陸全土が魔王軍の支配下になって、誰がわざわざ帝城まで攻めてきます？」

「……それもそうね。でも、そんな状況なら帝城に残った法術士《ほうじゅつし》達や騎士は抵抗しないの？」

「皇帝陛下を人質に取られているんです」

「皇帝陛下が生きているのか！」

これにはオルバが驚愕《きょうがく》を露《あら》わにした。

「はい。皇太子殿下も生きています。なんのためかはわかりませんが、なんでも……」

次の一言に込められた小さな小さな単語に、その場の全員は、冷や水を浴びせられたようなある種の恐怖を覚えた。

「魔王サタンの指示、らしいです」

◇

「法術監理院《ほうじゅつかんりいん》……これが」

エミリアが見上げるのは帝城の一角にある五階建ての独立した一棟だった。

生命力の強い草に建物全体が包まれており、深い歴史を感じさせる佇《たたず》まいだ。

帝城のあちこちに攻め入られた際の戦いの跡がいくつも残っていたが、法術《ほうじゅつ》監理院だけは戦火を免《まぬが》れたのだろう。

「場合によっては、エメラダ・エトゥーヴァ殿も救出できるかもしれませんな」

ガリウスの表情に希望の光が灯《とも》り、オルバも油断なく周囲を警戒しながらもやはりわずかに希望を抱いた様子だ。

「エメラダ……無事だったか……」

ルーマックも気が緩んだのか逆に力が抜け、エミリアとアンナが慌てて支え直す。

エミリアも、ここまでの緊張感がわずかに緩み、当初の目的を達成できると考えたときだった。

「アンナさん?」

アンナの様子がおかしい。

ガリウスやオルバすら希望を見出《みいだ》したこの状況で、アンナだけはなぜか息を切らして目を見開き、小刻みに震えている。

「あの、ゴドウィンさん。アンナさんが」

「む。アンナさん、私が代わりましょう」

「あ、は、はい……あの、はい……」

アンナはルーマックをゴドウィンに預けて、少しだけ後ずさる。

「強い悪魔の気配はしません。行きましょう。エトゥーヴァ様は、最上階にいるはずです」

「ああ！」

法術士《ほうじゅつし》の若者がガリウスとともに監理院に突入する。

エミリア達もそれに続くと、広いロビーに小柄な影が立っていた。

「ルーマックさん！　ゴドウィンさん！　無事だったんですね～！」

「おお、院長！」

ゴドウィンは駆け寄ってくる小柄な影を見て笑顔を浮かべた。

「院長……じゃあ、あの人が？」

エミリアは、ルーマックと対面したとき以上に驚いた。

その人物はエミリアより頭一つ背が低く、ふんわりとしたエメラルド色の髪の、細身で小柄な少女のような風貌だったからだ。

「ああそうだ。帝国一の法術士《ほうじゅつし》、エメラダ・エトゥーヴァ」

エメラダ・エトゥーヴァと呼ばれた法術士《ほうじゅつし》は、エミリアの目には全くそんな大人物には見えなかったのだ。だからつい、

「……子供みたい」

と呟《つぶや》いてしまった。

「……今、何か聞こえましたね？」

その小さな呟《つぶや》きを、エメラダはしっかり聞きとがめ、エミリアに真《ま》っ直《す》ぐ顔を向けた。

「あぁ～……その顔……あなたが～エミリア・ユスティーナですね～？」

「え、あ、あの……あなたも、私の事を……」

「ええ～もちろん～。六人の大神官でも手を焼いている～、子供みたいな勇者サマ～」

「は？」

エメラダは笑顔だ。だが、明らかに今の一言はエミリアを挑発していた。

一瞬にして視線同士がバチバチと音を立てて弾《はじ》けそうになる二人の間に、ゴドウィンが割って入る。

「院長、一体何故《なぜ》。見張りの悪魔達は……？」

「……分かりません～。少し前に突然いなくなって～、それで他の階の様子を見に下りてきたところだったんですが～」

ゴドウィンの問いに答えつつも、エミリアを値踏みするような視線は外さない。

「院長、ともかく今は帝城脱出を。地下牢《ろう》付近の秘密通路は破壊されてしまっています。監理院からも、外に逃れるための通路があると聞いたのですが」

ゴドウィンがそう言うと、エメラダはエミリアから視線を外し、オルバを見た。

「分かりました～。何故《なぜ》大神官様が帝城の地下通路から帝城に入ってこられたのかは～今は考えないようにします～。ですが～監理院にはまだ大勢の法術士《ほうじゅつし》が残っていますから～私だけ脱出はできません〜。私がいなくなったことが分かれば〜残った者が殺されてしまいますから〜。監理院には五十名近くの人間が残っていますが〜」

「……さすがにその数の人間が移動したら、悪魔に気取られてしまう」

オルバの渋面を、エメラダは予想していたようだ。

「ならば私は置いていってください〜。ルーマックさんだけお連れすれば〜そちらの目的は達成されるはずでしょう〜？」

「う、うむ……しかし……」

「私は配下を残してここを離れるわけにはいきません〜。配下だけじゃなく〜国が集めた法《ほう》術《じゅつ》の歴史の全てがここにはあるんです〜。悪魔の手元に残してはいけません〜」

「だが、ここから私らが逃げたともし悪魔に知られれば……」

「多少はやり合うことになるでしょうね〜。でも仕方ありません〜。ルーマックさんが外に出られるだけでも良しとしなければ〜」

「エメラダ……」

「それに〜これでも国一番の法術士《ほうじゅつし》ですから〜。悪魔も私には迂闊《うかつ》に手を出してきません〜。あんなでも怪我《けが》はしたくないようなので〜」

エメラダのゆったりとした、毅然《きぜん》とした物言いに、エミリアは、はっとなる。

「国一番の、法術士《ほうじゅつし》……」

「はい～？　どうしました～？」

「……オルバ様、ガリウス様。どうして、逃げる必要があるんですか」

「何？」

「はい～？」

「戦えばいいじゃありませんか。今ここにいる私達で、ルシフェルを倒してしまえばいいじゃありませんか」

「は、はああ～？」

エメラダは呆気《あっけ》に取《と》られ、オルバとガリウスは、また始まった、という顔になる。

「元々、私とオルバ様とガリウス様、それにルーマック騎士団長やエトゥーヴァ様でルシフェルと戦うはずだったんじゃありませんか。ルーマック騎士団長は難しいかもしれませんが、今こうして大勢の人を見捨てられない以上、戦ってしまった方が話しが早いし、犠牲も少なくて済みます」

「な、何を言ってるんですかこの子は～？」

「……エミリア・ユスティーナ殿。私は承服しかねる。確実な勝利を得られる算段も無しにここで戦えば、どれほどの犠牲が出るか……」

さすがのルーマックも、エミリアのこの短絡的な発想には同意しない。

だがエミリアは周りから賛成意見が出ないことで、ムキになってしまう。

「エトゥーヴァ様の、大事なものを置いていきたくないって気持ちが分からないんですか⁉　私は分かります。私だって……置いていきたくなんかなかった！」

エミリアの脳裏には、いつだって故郷のスローン村と、寂し気に自分を見送った父の姿が焼きついて離れなかった。

故郷が滅ぼされたという知らせを受けたとき、その全てが灼熱《しゃくねつ》の赤に染まり、エミリアの感情を焼き尽くし、その熾火《おきび》は常にエミリアの心にくすぶっていた。

「ルーマックさん、彼女は……」

「侵攻前の報告書でしか知らないが、スローン村の出だと聞いている。あの地域は、何年も前に……」

「……なるほど～」

「ここは魔王軍にとっても大事な場所なんですよね？　だったらルーマック騎士団長達はアンナさん達に任せて逃げてもらって、ここで私とオルバ様とガリウス様、それにエトゥーヴァ様でルシフェルを倒しちゃえばいいじゃありませんか！」

「……た、確かに、それができるなら、それが一番……！」

すると、先ほどからずっと顔色の悪いアンナがなぜかエミリアに賛同し、エミリアは少し顔色を明るくする。だが、肝心要のオルバとガリウスとエメラダの顔色は暗かった。

そして、エメラダが言う。

「話になりませんね～」

「どうしてですか！」

「今の話に現実味があると思ってしまうような子供に～、私の命を預けられないって意味です～」

「なっ！」

穏やかな笑顔に浮かぶのは冷徹な拒絶。

エメラダはエミリアの反論を待たず、オルバとゴドウィンに指示する。

「隠し通路にご案内しますね～。オルバ様～？　一刻も早くこの火のついた火薬みたいな子を連れ帰ってくださいね～」

「う、うむ」

エメラダの有無を言わさぬ圧力に、あのオルバが気圧《けお》されている。

エメラダに対して反発心と怒りを覚えていたエミリアも、エメラダの風貌と実態の差に驚いた。

「こちらです～。ついてきてください～」

先頭を歩くエメラダにエミリアも不承不承ついていこうとしたそのときだった。

「あ、あのっ……！　ま、待ってください！」

思いがけない人物の声が、エメラダを留《とど》めた。

「あなたは～……確か～、新人の～……」

「あ、アンナ・イリです！　そ、その、私はエミリアさんの言うことに従った方が……！」

「……どうしたんです～？」

「アンナさん？」

エミリアから見ても、アンナの発言の唐突さは異様だった。

エミリア自身引っ込みがついたわけではないが、今の話の流れで自分の主張が受け入れられないだろうことはよく分かっていた。

傍《はた》から見ていたアンナにそれが分からないはずがない。

もちろんエミリア以外もそう思っているし、誰よりもエメラダが困惑していた。

「い、いえ、だってその、こんなに戦力がそろ、揃《そろ》ってて、だから、あの、今逃げちゃったら次いつこんな機会あるか……」

「ちょっとアンナさん、どうしたんですか、落ち着いて」

怯《おび》えている。歯の根が合わず、目が過剰に見開かれ、冷や汗をかいている。

ゴドウィンがアンナを落ち着かせようとするが、アンナはなぜかゴドウィンから距離を取り、後ずさって監理院から出ようとしているかのようだ。

「ね、皆さん落ち着いて、折角悪魔がいないんだから、少し作戦を練りましょうよ！　ルーマック騎士団長だって、少し回復してからの方が脱出もか、か、簡単でしょう？」

「ルーマック騎士団長、すいません……アンナさん、どうしたの？　一体なんに……」

エミリアはルーマックから離れ、アンナに近づこうとする。

すると、

「お、お願いです。お願いですから……！」

「アンナさんっ!?」

一体どこから取り出したのか、それとも最初から持っていたのか、アンナは錆《さ》びたナイフを取り出して、近づくエミリアに襲いかかったのだ。

もちろん体術素人《しろうと》の法術士《ほうじゅつし》が繰り出すナイフにやられるようなエミリアではない。

だが、あまりに予想外過ぎる動きにエミリアはアンナにされるがまま、羽交い絞めにされて首にナイフを突きつけられた。

「アンナ殿！　一体何を！」

さすがにガリウスとゴドウィンは色めき立つが、エミリアは二人を落ち着かせるように両手を上げた。

「あの、皆さん落ち着いて！　アンナさん、一体どうしたんですか！　落ち着いてください！　何をそんなに慌ててるんですか！」

「ひゅー……ひゅー……」

アンナの耳に、エミリアの声は届いていない。

エミリアを羽交い絞めにしたまま、かといってエメラダやガリウス達を見るでもなく、視線は完全に明後日《あさって》の方向を向いて荒く息を吐いている。

「あの、言ったらなんですけど、私そんな錆《さ》びたナイフじゃ傷一つつきません。何があったのか、話してください。何か事情があるなら、私が聞き……」

「ダメです……駄目なんですよ……このまま皆さんを帰してしまったら……だって、私……」

「アンナさん……？」

「お願いです……院長、エミリアさん、ルーマック様、戦って、ください、悪魔と、ルシフェル、だって、そうじゃないと、私……」

「アンナさ……」

「下手くそ」

その声は、確かにあの男のものだった。

その瞬間、空気が凍る。

エメラダも、オルバも、ガリウスもゴドウィンも、エミリアすら全身の血液が凍ったかのような錯覚に陥った。

「でも、努力は認めてやるよ」

それまで話に参加していなかった法術士《ほうじゅつし》の若者が、全員の視界の外でその口を三日月のようににんまりと笑みの形にしていた。

その瞬間、アンナの表情にかすかに表情が戻る。

「じゃ、じゃあ私……にッ」

エミリアは動けなかった。

紫色の光がエミリアの顔の横を、小指の先を動かすことすらできない一瞬で通り過ぎ、そしてエミリアを拘束していたアンナの弱々しい力も、突きつけられていた震えるナイフの気配も消える。

そして、背後で重い音がどさりとして、エミリアは危険と分かっていながら背後を振り返った。

そこには、額から血を流し事切れているアンナの骸《むくろ》が転がっていた。

「アン……ナ、さ……」

「い、今の、光は」

オルバが震える声で振り向くと、そこにはエミリアの立っている場所に向けて指を差し出している、法術士《ほうじゅつし》の若者だったはずの男の姿があった。

「お、お主は」

「その女はさ、お前達を一ヶ所に集めるためのコマだったんだ。折角腕に覚えにある最後の人間達が集まりそうだったんだ。少しは楽しみたいじゃない？」

「き、君は……一体何を⁉」

ガリウスが思わず剣を構えた瞬間だった。

「お前はちょっと違うんだよ」

また、何かが空気を焼きながら切り裂いた。

「む、が、あ……？」

誰の目にも留《と》まらぬ光がガリウスの横腹を貫き、ガリウスの巨体が手もなく膝を突く。

「ぎ、ガリウス……様……」

頑丈が取り柄のガリウスが一瞬でやられた。

法術士《ほうじゅつし》の若者は悠々とオルバとエメラダの間を通り抜け、エミリアの横を通り過ぎ、事切れたアンナに屈《かが》み込むとその頰を平手で叩《たた》く。

「こいつにはさ、お前達を上手《うま》いこと引き留められたら助けてやるって約束してたんだ。それで、僕と一緒に牢《ろう》に入ってもらった。めちゃくちゃ怯《おび》えてたなー。助けてやるって言ったのにさ」

「あなた……あなたは、一体……」

「もっと早く気づかれると思ったんだけどなー。特にそっちの二人には」

若者は、エメラダとルーマックを順に見る。

「一度はきちんと顔合わせてるはずなんだけどなぁ？」

「馬鹿な……そんな、どうして……」

先ほどまでゆったりとした話し方だったエメラダの声が震え強張《こわば》っている。

「エトゥーヴァ院長？　どういうことだ！　奴《やつ》は一体……」

オルバがエメラダの肩を揺さぶるが、エメラダは若者から目を離せない。

「忘れられちゃってたみたいだし、自己紹介しておこうか」

法術士《ほうじゅつし》のローブが弾《はじ》け飛び、監理院の中に風が吹き荒れる。

黒い羽が、風に吹き上げられて消えた。

「悪魔《あくま》大元帥《だいげんすい》ルシフェル。西大陸を制圧した悪魔の軍団の親玉やってる。よろしくね」

エミリアは自分が見ているものが信じられなかった。

先ほどまで、魔力など微塵《みじん》も感じられなかったではないか。

単眼刻印鬼《サイクロップス》の攻撃を、聖法気《せいほうき》由来の法術《ほうじゅつ》で防いでいたではないか。

エミリアより頭一つ小柄な、少年と見紛《みまが》うほどの気の弱そうな若者だったではないか。

何よりも。

「あなたが、悪魔……なの？」

人間の体に巨大な黒い翼をつけたその姿はまるで。

「て……天使……だと」

オルバが枯れ果てた声で、ルシフェルと名乗った少年を見る。

その顔面は蒼白《そうはく》で、一気に十も年を取ったかのようだった。

「いいねぇ『天使』。さすが大法神教会《だいほうしんきょうかい》の聖職者だ。よく知ってるじゃない。僕のこと、どんな風に伝わってんのかここの教会で聞いたよ。僕、お前らの字ぃ読めないからさぁ」

「堕天使……堕天使、ルシフェル……大天使筆頭……神の、子……ルシフェル、バカな、嘘《うそ》だ。そんな……」

「オルバ様……？」

聖職者としての清濁を極めきったオルバが、ルシフェルを目の前に腑抜《ふぬ》けになってしまったかのように戦慄《わなな》いている。

「ルシフェル……どうせ……どうせ勝手に名前を使っているだけか、偶然の一致だろうと……まさか……」

エミリア息を呑《の》んだ。オルバは、その場にへたり込んでしまったのだ。

「あれ？　もう戦意喪失？　なんかお前、そのトシで結構やるって感じじゃなかったの？　もう死んどく？」

エミリアが反応できたのは、単なる奇跡でしかない。

ルシフェルと名乗った、ある意味で異形の悪魔の指がオルバに向いた瞬間、監理院の床を踏み砕く勢いでエミリアは跳躍し、オルバに飛びかかり体当たりで弾《はじ》き飛《と》ばす。

一瞬前までオルバのいた場所に五つ、小さな穴が開き、砂の焼ける音と煙が立った。

「ありゃ、外した。お前速いね」

ルシフェルは意外そうに眉を上げた。

眉を上げたのだ。

全く人間と変わらないその顔立ちと表情と造作。オルバほどではないが、エミリアも十分混乱していた。

「あなた、あなたが……本当にルシフェルなの？」

「何、まだ疑ってんの？　別に構わないけど、じゃあそのまま死ねよ」

「っ!!」

エミリアは全身の毛穴が開くほどの戦慄と絶望に支配される。

ルシフェルはなんのモーションも取っていない。術の詠唱すらしていない。

それなのに、オルバを撃った光が真実児戯としか思えないほどの規模の『魔力球』が、一瞬にして四つも出現したのだ。

その一つ一つがこれまで接したことのないほどの魔力を内包し、触れるだけで並みの戦士なら致命傷は免《まぬが》れないことは明白だった。

「何をぼーっとしてるんですかっ!!」

鋭い声にエミリアが我に返ったときには、目の前に土の壁が出現していた瞬間だった。

「エトゥーヴァ様!?」

「一瞬でも気を抜いたら即死ですよ！　剣を抜きなさい！　あなたの望んだ展開でしょう！」

エメラダの法術《ほうじゅつ》もまた、エミリアの常識にかからぬ威力と速度を誇っていた。

オルバも熟練の法術士《ほうじゅつし》だが、威力が強い代わりにエメラダのような速度は持っていない。

「天光駿靴《てんこうしゅんか》!!」

二手も三手も遅れた状態でようやく火がついたエミリアは飛空の法術《ほうじゅつ》を発現させると、エメラダの生み出した壁を剣も抜かずに飛び出した。

「なっ⁉」

素手で飛び出したエミリアに目を剝《む》くエメラダだったが、次の瞬間更にその目は驚きに見開かれる。

徒手空拳のエミリアの手からルシフェルのそれとは異質で清冽《せいれつ》な紫色の光が発せられ、剣の形を取ったのだ。

「あの剣は……！」

ルシフェルの紫光に勝るとも劣らない、常識はずれの聖法気《せいほうき》を内包した剣の伝説を、エメラダも耳にしたことがあった。

「あの剣はまさか、聖典の伝承にある、聖剣……⁉」

「へぇ？」

ルシフェルはエミリアの手にある剣を見て、それでも不敵に微笑《ほほえ》む。

「いいオモチャ持ってんじゃん？」

「天光《てんこう》……炎斬《えんざん》っっ!!」

　エミリアは掛け値なしに渾身《こんしん》の剣技を、ルシフェル目掛け叩《たた》き込んだ。

　爆風と爆音が監理院の中を荒れ狂い、エメラダもオルバもルーマックも思わず顔を背けるが、エミリアだけはその爆心地で一切目をそらさずにいた。

「……クッソ、もう少し余裕な顔するつもりだったんだけどな」

　ルシフェルは、エミリア渾身《こんしん》の一撃を受け止めたのだ。しかも素手で。

「さすがに痛かったよ！　骨イッた感じする。僕を殺《や》るって意気込みも、あながち思い上がりじゃなさそうだ」

　はっきり痛みを感じているが、それでも笑みを浮かべるだけの余裕がある。

「嫌な感じの『色』だ。僕、もしかしたらその剣知ってるかもしれない」

「は、離せっ!!」

　ルシフェルは聖剣の刃を握りしめて離さない。

　その力の強さにエミリアは空中で縫い留《と》められてしまう。

「はー、なるほど。使い方もよく分かってない感じ。それなら」

　エミリアの全身が、突然炎で炙《あぶ》られたように熱される。

　紫光の塊が、エミリアを囲むように殺到したのだ。

「僕は敵をナメたりしない。僕、強敵との戦いに喜び見出《みいだ》すタイプじゃないんだよ。だから」

ルシフェルの目が、はっきりと殺意を帯びる。

「強敵になりそうな奴《やつ》は、ナメずに確実に殺す」

「エミリアさんっ!!」

エメラダは叫んだ。

助けるために法術《ほうじゅつ》を撃つどころか指すら動かすことのできなかったエメラダの目の前で、エミリアは紫光の灼熱《しゃくねつ》に焼かれて塵《ちり》すら残らないはずだった。

「おおっと!?」

だが、なぜかルシフェルが驚きの声を上げてわずかに身を引いたのだ。

紫光が消えるよりも早く、新たな斬撃がルシフェルに向かって振るわれたのだ。

「マジか……思ったより面倒そうじゃん」

ルシフェルはぺろりと唇を舐《な》めて、しっかり距離を取った。

紫光の魔術を押しのけるように、聖法気《せいほうき》の光が迸《ほとばし》る。

「オルバ様、あれは、まさか」

エメラダの問いに、ようやく立ち上がったオルバが頷《うなず》いた。

「教会に伝わる天界の至宝、『進化の天銀《てんぎん》』から生まれた、聖典の伝える『勇者』のための剣と鎧《よろい》」

義憤に満ちたエミリアの全身を包む白銀の鎧《よろい》が、絶対必中の至近距離から放たれたルシフェルの必殺の魔術を全て防ぎきったのだ。

エミリアの髪色が緩やかに銀色に、瞳の色が紅に染まり、金色のオーラが湧き上がる。

「〝進化聖剣《ベターハーフ》・片翼〟と、破邪《はじや》の衣《ころも》。天界の血を引く勇者エミリア・ユスティーナの真の姿だ」

「悪魔大元帥《あくまだいげんすい》ルシフェル。今ここで、私があなたを倒す‼」

エミリアが幅広の聖剣をかざすと、それだけで噴き上げる聖法気《せいほうき》にルシフェルが一歩後ずさった。

「上等だ」

ルシフェルも、油断なくエミリアに向かって身構えた。

「生意気な人間は気に食わないけど、それ以上にお前の見た目が食わない。全力で相手してやるよ。ただ……僕が楽しんでる間に死ねよなっ‼」

エメラダの法術《ほうじゅつ》と、ルシフェルの魔術が巻き上げた埃《ほこり》と振動が監理院の建物を揺らし、あちこちで色々なものが崩れ壊れ落下する。

そして、ロビーフロアの壁に飾られていた、エミリアにはどこの誰とも分からない肖像画の額が床に落ちたその瞬間。

「はああああっ‼」

「おおおおおっ‼」

エミリアとルシフェルが同時に雄たけびを上げて、正面から激突した。

◇

西大陸最大最強の神聖セント・アイレ帝国の法術士《ほうじゅつし》を率いる立場であるエメラダの目からしても、およそ人の形をした者同士の激突とは思えなかった。

それも、年端《としは》も行かぬ少女と、見た目だけなら少年と言ってもいい悪魔の激突だ。

見た目の質量だけならガリウスとゴドウィンの半分程度のサイズでしかない。

だが、エミリアの刃とルシフェルの拳が激突した瞬間、その振動だけで法術監理院《ほうじゅつかんりいん》の全ての窓が一階から五階まで、ガラスの窓も木戸も全てが内部の圧力に負けて破壊された。

「うおっ⁉」

「ぐっ！」

「うわあっ⁉」

オルバとルーマックと、そしてエメラダも予想を超えた衝撃にたたらを踏むが、そのよろめいた一瞬にエミリアとルシフェルは監理院のドアを吹き飛ばして外に出る。

「ゴドウィンさん！　オルバ様！　ルーマックさんとガリウスさんを外に！　隠し通路は右の倉庫の柱の奥ですっ！」

外から建物を揺らす激突音が聞こえてきて、エメラダは顔を顰《しか》め、返事も聞かずに自分も外に飛び出した。

「きゃっ⁉」

上空を見上げると、聖法気《せいほうき》の金色の輝きと悪魔の紫色の光が、まるで花火のように激突している。

エメラダは目を細めて、戦況を観察する。

ものの十数秒の間ではあるが、単純な威力もスピードも、僅かではあるがエミリアの方が優勢であるように見えた。数合の打ち合いの中でもルシフェルが衝撃で弾《はじ》き飛《と》ばされる瞬間が多くあった。

この一瞬のことだけでも、エミリアがセント・アイレのどの騎士よりも強いことは間違いないと確信できた。

一対一なら、このままルシフェルを倒しきるのもあながち夢物語ではないのではないかという気にすらさせられる。

だが、エメラダの表情は険しいままだった。

「どこまで、バカな子なんですか……！」

「くっ……クソがあああああ‼」

「クソ以下の悪魔に言われるなんて、光栄だわ！」

ルシフェルの紫光の熱戦が百も二百もエミリアに殺到するが、エミリアは聖剣を一薙《な》ぎしただけでその半数を弾《はじ》き飛《と》ばし、半数は当たるに任せ構わずルシフェルに斬りかかる。

「当たってんだろ⁉　お前正気かよ！」

「正気で悪魔なんかと戦っていられないわよ！」

「フザけやがって！　くおおおお！」

「っ！」

エミリアは聖剣に纏《まと》わせる炎の威力を無意識に高める。

これまで熱線と拳と蹴りで戦っていたルシフェルが武器を出現させたのだ。

「氷の剣……？」

「これ以上お前の剣を体で受けたくないからな！　この魔術《まじゅつ》、嫌いなんだけど……さ！」

「ぐっ！」

ルシフェルが自身の体ほどもある長さの氷の剣を繰り出してくる。

これまでも武具を用いる悪魔は大勢いたが、ルシフェルの魔力と膂力《りょりょく》と速度で繰り出される

それは、エミリアの経験したことのない刃の雨であった。

「う、ぐっ！」

「そらそら！　さっきまでの勢いはどうしたんだよっ！　おらあああっ！」

剣での防御が間に合わず、たまらず破邪《はじゃ》の衣《ころも》の小手で受けたときだった。

「あああああっ⁉」

衝撃は殺しきったはずなのに、小手のガードを貫いて氷の冷気がエミリアの腕を貫いた。

氷が物理的に刺さったわけではない。だが確実にエミリアの肉体と神経に激痛と衝撃が入り、しかも破邪《はじゃ》の衣《ころも》の表面を、剣から分離した氷が浸食し始める。

「な、何よこれ！」

「魔王軍では昔から定番の技だよ！」

貫かれも斬り飛ばされもしないが、このままこの剣に接触していたら、体が内側から破壊されてしまう。

エミリアは飛翔《ひしょう》の法術《ほうじゅつ》を纏《まと》わせた破邪《はじゃ》の衣《ころも》のブーツで氷の剣の腹を蹴り飛ばしてルシフェルから距離を取った。

ルシフェルも無理な追撃はせずにじっくりと氷の剣を構えた。

「……強い……でも」「……強い……クソ」

エミリアとルシフェルはそれぞれに呟《つぶや》く。

「勝てない相手じゃない……！」「あんなの持ち出すの反則だろ……クソッ！」

エミリアの手応えでは、確かにルシフェルは強い。

油断すれば間違いなく致命傷を負うだろうし、一撃一撃の重さはこれまで経験のしたことのない威力と不気味さがある。

だが一方で、自分の力もまた確実にルシフェルを追い込んでいる。

これまでの悪魔のように、聖剣と破邪《はじゃ》の衣《ころも》を用いてなおも一刀両断とはいかないが、確実に手傷を負わせているし、それが無暗《むやみ》に回復されてしまう気配もない。

「それに今……反則だろクソって言った！」

ルシフェルの呟《つぶや》きはエミリアに聞こえていた。

氷の剣に浸食された腕に聖法気《せいほうき》を込めると、わずかだが違和感も和らぐ。

偶然の発見ではあるが、魔力による浸食はより強力な聖法気《せいほうき》で中和できることも分かった。

もちろんこれ以上の隠し玉がある可能性も考えねばならないが、戦闘のスタイルや使う技術が変わったとしても、基礎的な力が異常に強い分、スイッチ一つで更に極端にパワーアップするようなことはあまり考えなくともよさそうだ。

「天衝嵐牙《てんしょうらんが》ッッ!!」

聖剣を力いっぱい引き絞ってから刺突の形でルシフェルに向かって突き出す。

聖剣とエミリアの全身から発せられる聖法気《せいほうき》の嵐が、ルシフェルの翼を捉える。

「く……この、クソがあっ！」

翼を持つ悪魔らしく簡単に風に絡《から》め取られたりはしないが、それでもルシフェルの動きは十分に奪った。

「光爆衝破《こうばくしょうは》っ！」

聖法気《せいほうき》の嵐から逃れようとしたルシフェルに放たれた追撃はルシフェルの目を灼《や》き十分に体勢を崩した。

「があああっ⁉」

左右の翼を嵐で捉えて体を空中に縫い留《と》めたところに視界を奪い、がら空きになった懐《ふところ》に全力を込めた刃を突き立てるべくエミリアは空を蹴る。

「ルシフェル……魔王軍……っっ……お父さんの、仇《かたき》っ……‼」

エミリアの視界が、赤く染まる。

「死ねぇぇえっ‼」


氷の剣を顕現させたルシフェルを見て、エメラダは目を見開いた。

帝都に押し寄せた悪魔との戦闘では、エメラダもルーマックも他の騎士や法術士《ほうじゅつし》も、誰一人としてルシフェルからあの術を引き出せなかった。

そしてルシフェルに奥の手を出させた状態でなおエミリアが圧倒しているのを見て、最初はエミリアの実力に懐疑的だったエメラダも、もしかしたらこのままルシフェルを押しきれるのでは、と心のどこかで思い始めたときだった。

「……エミリアは、負けます」

「が、ガリウス様⁉　どうして逃げなかったんですか⁉」

エメラダの傍《かたわ》らに現れたのは、脇腹を押さえ顔面が蒼白《そうはく》になったガリウスだった。

「ルーマック騎士団長は、オルバ様とゴドウィン殿が隠し通路から運びましたからご安心ください」

「そういうことじゃありません！　どうしてここに残っ」

エメラダは気づいた。

ガリウスの押さえた脇腹から、血が溢《あふ》れている。

傷口は決して大きくなかったのに、溢《あふ》れ出《で》る血の量が尋常ではない。

「あの光……少々厄介な術だったようです。私は……助かりません。全身に毒が回ったように熱と寒気と激痛が、止まらない。あの光は、一筋たりとも喰《く》らってはなりません、ぐ！」

「ガリウス様！」

膝を突いたガリウスをエメラダは思わず支えるが、触れた指先の冷たさが、エメラダに死の予感をまざまざと感じさせた。

「ガリウス様、エミリアさんが負ける、とは一体どういうことですか。業腹《ごうはら》ですが、今の彼女は間違いなくルシフェルを圧倒しています」

「……エミリアの聖法気《せいほうき》が、足りません」

「えっ」

「聖剣と破邪《はじや》の衣《ころも》を、あんなにフルパワーで運用してしまっては、あっという間に、エネルギー切れが起きます。本来のエミリアはまだ、どちらかしか使えないはずなんです。それを」

ガリウスが見上げると、エミリアが氷の剣を腕に喰《く》らった瞬間だった。

「今のあいつを支えているのは、悪魔と、魔王軍に対する……憎しみ、父親と、故郷の仇《かたき》を討ちたいという、憎しみの一心で、がはっ」

「ガリウス様！」

「……エトゥーヴァ院長、お聞きください……あの子は……人類の希望です……今はまだ、未熟ですが、誰よりも強く、人々の、希望に……教会と、帝国は決して良好な関係ではありませんでしたが、私の、最後の教え子を、どうか……」

「しっかりしてくださいガリウス様！　バカなこと言わないで、気を確かに持ってください！　あんな子、私の手には負えない！　ずっとそばで育てたあなたがいないと、彼女は！」

「……お願いします。間もなく、エミリアの、変身は解ける、そうしたら……」

「ガリウス様！」

「もちろん、今あの子が、ルシフェルを倒せれば、万々歳です。そうなれば、私もなんの心残りも無いのですが……」

「っ……！」

エメラダとガリウスが見上げた空で、今正に人魔の決着がつこうとしていた。

「死ねぇええっ!!」

ルシフェルの首目掛け、聖剣の刃が迫り、そして、

「天光炎《てんこうえん》……っ」

まるで生卵をうっかり地面に落としたときのような。

「は？」

軽い音とともに、エミリアの聖剣も、破邪《はじゃ》の衣《ころも》も、金色の光も弾《はじ》け飛んだ。

紫色の霞《かすみ》のような光が儚《はかな》く聖剣と破邪《はじゃ》の衣《ころも》を散らし、エミリアは徒手空拳の拳を無為にルシフェルの前で横薙《な》ぎに振るった。

法術《ほうじゅつ》の嵐も霧散し唐突に自由の身になったルシフェルの方が一瞬混乱した様子だったが、すぐにエミリアの身に何が起こったか察する。

「あれ？　打ち止め？」

「そ、そんな、なんで今！」

「知らないよ。お前が自分の実力、分かってなかっただけだろ」

「くっ！」

エミリアは腰の鉄剣を慌てて引き抜くが、

「さすがにここでそれはないって」

ルシフェルの全力で振るった拳に手も無く砕かれた。

僅かな聖法気《せいほうき》すら込められなかった、だがそれでも鋼鉄の剣だ。

それを人の姿をした悪魔が拳で砕いたことにエミリアは衝撃を受け、そして、

「終わりだよ、お前」

聖法気《せいほうき》の通わない鉄を素手で砕くルシフェルの拳が、エミリアの腹に迫った、その時。

「あっ！」

「んっ⁉」

突然全く明後日《あさって》の方向から炎の弾丸が飛来し、エミリアに直撃したのだ。

派手な爆発音とともにエミリアが黒煙に包まれ、ルシフェルも驚いて弾丸が飛来した方向を見る。

「あのクソバカども！」

ルシフェルの目に映ったのは、帝都中から帝城に殺到する翼を持った悪魔達だった。

考えてみればこれだけの魔力と聖法気《せいほうき》を全力で戦わせ、噴火のような轟音《ごうおん》を響かせていたのだから当然と言えば当然だ。

だがルシフェルにしてみれば、無能な部下が、あと一撃で仕留められそうだった獲物に余計

な手出しをした挙句、目くらましまで作ってしまったのだ。

「余計なことしやがって！　後で絶対殺す！」

舌打ちをしてから、黒煙の中から崩れ落ちるエミリアに止《とど》めを刺そうとしたときだった。

「鉄光縛鎖《てっこうばくさ》っ‼」

地上から聖法気《せいほうき》の光が伸び、ルシフェルの体を拘束したのだ。

「クソ、なんだっ？」

「天光駿靴《てんこうしゅんか》っ！」

一瞬黒煙から目を離した瞬間。矢のような速度で地上から小柄な影が飛翔《ひしょう》し黒煙に突っ込んだ。

「なんだ？　ああっ⁉」

飛び上がってきたのは法術《ほうじゅつ》監理院院長のエメラダ・エトゥーヴァであり、その肩にはぐったりとして全身から力を失ったエミリアが担《かつ》がれていた。

「お前逃げる気かよっ！」

だがエメラダは答えない。拘束されたルシフェルに一瞥《いちべつ》をくれただけで、そのまま空の彼方《かなた》に飛び去った。

「クソっ！　逃げられると思……な⁉」

ルシフェルはすぐに拘束を外してエメラダを追おうとするがしかし、糸のように細い聖法気《せいほうき》の鎖が全く振りほどけない。

「な、なんだこの鎖、一体……！」

ルシフェルは鎖を放たれた地上を見下ろすと、そこにはアンナの次に仕留めたはずの騎士がいて、その手からルシフェルに向けて聖法気《せいほうき》の鎖を伸ばしていたのだ。

「ザコでも、ちっとはマシなザコって自負はあってな。鉄光縛鎖《てっこうばくさ》は俺の数少ない得意な術でな。

「ザコの癖に、ザコの癖にお前えええええええ!!」

魔王軍の大幹部相手でも、簡単には逃がさんぞ」

「フザけやがって！　ぐ、おおおおお！」

「んぐ……ぐあああああ！」

「クソ！　クソクソクソ！　僕が、あんな雑魚《ざこ》の術でっ!!」

「行かせん……絶対に追わせんぞ……あの子は……世界の希望なんだ！　ぬうう！」

「ぐ、が！」

更に拘束が強くなり、ルシフェルの全身を締めつける。

「僕は……こういう術が、一番嫌いなんだよっ!!　くそおおおっ！」

瀕死《ひんし》のガリウスは最後の命を燃やし、ほとんど膂力《りょりょく》だけでルシフェルの力に対抗していた。

「待って！　止まって！　ガリウス様が、ガリウス様がっ!!」

エメラダに担《かつ》がれたエミリアは、ほとんど動かないはずの体を暴れさせて遠ざかる帝城に戻ろうとしていた。

ガリウスの鉄光縛鎖《てっこうばくさ》で拘束されるルシフェルがどんどん遠ざかってゆく。

「暴れないでください！　あなたを死なせるわけにはいかないんですよ！　ガリウス様がどんな気持ちでルシフェルに立ち向かったか分からないんですかこのバカっ‼」

エメラダは全力でエミリアを拘束しつつ、最大速度で西の空へ飛び去った。

「お願い、お願い止まって！　止まってよ！　私が、私がルシフェルを、ガリウス様っ！」

「……生きろよ、エミリア……生きて、お前の望みが全て叶《かな》うだけの力を」

その瞬間、炎の弾丸がガリウスの周囲に降り注ぐ。

帝都中から戻ってきた悪魔が殺到し、ガリウスの姿は無数の魔術の中に消えた。

鉄光縛鎖《てっこうばくさ》の拘束が解かれたルシフェルは、荒い息を吐きながら空の彼方《かなた》を睨《にら》む。

さすがのルシフェルでも、エメラダ相手に空をここまで引き離されてしまうと追いつくことはできない。

最終的にきっとサンクト・イグノレッドに向かうのだとしても、帝都を越えて森や山に隠れられたら、もう見つけることはできないだろう。

ルシフェルは歯ぎしりをしながら、ゆっくりと地面に降下する。

ガリウスの死体は悪魔達の魔術によって焼き尽くされ、教会騎士の鎧《よろい》が残るのみ。

監理院の中には、最初の激突の余波を喰《く》らって吹き飛ばされたアンナの死体があることだろう。

「ルシフェル様、これは一体……」

「ルシフェル様、申し訳ございません、助勢に来るのが遅れてしまって……」

「……」

「ルシフェル様？」

地面に降りたまましばらく黙りこくっていたルシフェルだったが、小さく息を吸うと怒りを漲《みなぎ》らせ、怒号を発した。

「クソがあああああああああああああああ‼」

ルシフェルの怒号に、周囲の悪魔達がびくりと身を震わせる。

「僕にナメた真似《まね》した奴《やつ》ら、全員ぶち殺してやる……戦える奴《やつ》全部集めろ！　西に向けて進軍する！　サンクト・イグノレッドを落とすぞ！」

「お、お待ちくださいルシフェル様⁉　まだ魔王様の指示は……ガアッ⁉」

ルシフェルの指示に異を唱えた悪魔が、次の瞬間言葉通り、灰となってその場に崩れ落ちた。

手をかざしたルシフェルの紫光の熱線に全身を焼却されたのだ。

「魔王様がこう言ったのを覚えてないのか。各大陸の侵略計画は、大元帥《だいげんすい》それぞれの裁量に任せる、と」

「し、しかしセント・アイレとサンクト・イグノレッドだけは慎重にと魔王様が……」

「魔王様魔王様うるさいなお前らあ！」

ルシフェルはまたも怒号を発し、諫《いさ》めた悪魔とは違う悪魔をまた一人灰にした。

「チンタラしてやがったお前らは知らないだろうな。とんでもない人間がいたんだよ！　いや、あいつは人間なんかじゃない！　もっと異質な何かだ！　あいつを放っておけば必ず魔王軍の障害になる！　魔王様でも……サタンでもここは攻めの一手だ！　第一サタンも、僕がここまでナメられたら止まらないのを分かってる！　これ以上余計なことを言う奴《やつ》は、この場で殺す！　まだ何かある奴《やつ》いるのか！」

集まった悪魔達は口をつぐみ、ルシフェルはそれでも怒りを抑えきれず、

「クソが……クソがあああああ！」

また怒号を発し、周囲の悪魔の身を竦《すく》ませる。

「あ、あの、ルシフェル様……」

「……殺すって言ったよな？　まだなんかあんのか」

「い、いえ、ですがエメラダ・エトゥーヴァに逃亡されてしまいましたが、法術監理院《ほうじゅつかんりいん》の生き残りどもは……」

「…………ああ」

また一体殺す寸前だったルシフェルは、忌々し気に法術《ほうじゅつ》監理院を見上げた。

「皆殺しにしてやりたいけど、法術《ほうじゅつ》の研究を勝手に止めるとサタンや他の連中がうるさそうだ。

逆らわないなら放《ほ》っとけ。生かしとけば、後々人質か何かに使えるかもしれないからな」

「は、はいっ」

「……今日の騒ぎで皇族や貴族どもが騒いでるかもしれない。逆らうようなら痛い目みせとけ。あとは……無駄かもしれないけど、ここで暴れてた奴《やつ》は今の連中だけじゃない。ハゲの聖職者と騎士とルーマックに逃げられてる。監理院のどっかに脱出通路があるらしいが、まぁ多分潰されてるんだろうな。帝都の人間どもに、ルーマックを匿《かくま》ったら殺す。密告すれば命の保障と報酬を出すって触れ回っておけ」

「承知いたしました！」

ルシフェルは指示を飛ばしてから、肩を怒らせて帝城本丸に戻る。

人っ子一人いない帝城の玉座の間にたどり着いたルシフェルは、どっかりと玉座に腰を下ろして頬杖《ほおづえ》を突いた。

「銀色の髪に、赤い目、か。偶然だと思うのは楽観しすぎかな」

ルシフェルは玉座に設《しつら》えられている、エンテ・イスラの二つの月を描いたステンドグラスを見上げて言った。

「今更誰かの差し金でもないだろうけど、面倒が起こる前にさっさと殺さないと、ね」

帝都がはるか後方に消えてもなお、エメラダは聖法気《せいほうき》を出し尽くして空を飛んだ。

やがて全ての力を出し尽くしてへろへろと国境沿いの山すそに落ちていった。

エミリアも、もはや動かず、着地したエメラダはほとんど粗大ごみを捨てるような仕草でエミリアを地面に放り出した。

「ふあああああ〜……さすがに……限界っ……」

そしてエメラダ自身も、ばったりとその場に倒れ伏す。

「あ〜〜〜〜〜〜〜〜〜〜〜〜〜〜〜〜〜〜〜〜〜〜〜〜〜〜〜〜〜〜〜〜〜〜〜〜」

全身を苛《さいな》む疲労を追い払うように顔を顰《しか》めてひとしきり唸《うな》ってから、エメラダは体を起こした。

「で、この後どーするんです」

「……」

「言っときますけど、私もう力使いきっちゃいましたんで、今日はもうここから一歩も動けないですよ」

「……」

「力使いきって寝ちゃいました？」

「……」

エミリアは反応しない。だが、眠ってしまったわけでもない。

エメラダは小さく嘆息してから、投げかけた。

「そうだ、一つお詫《わ》びしておかないと。エミリアさん。あなたの力を侮《あなど》っていました。惜しかったですね、あと少しで倒せたのに」

「あと少し？」

エミリアは低い声で答えた。

「どこが……あと少しよ。この有様《ありさま》で、どこがあと少しよ！」

立ち上がろうとして、エミリアはよろけて転倒した。

山肌の傾斜に堪えられず、少し下まで転がっていってしまう。

エメラダはそれをただ、見送った。

「割と本気で、あと少しだと思いましたけど？」

「だったら今、こんなことになってるわけないじゃない！」

「それも、そうですね。オルバ様とはどこかで合流する手筈《てはず》になってないんですか？」

「……知らない」

「は？」

「全部、オルバ様とガリウス様が計画してた。こんなことになるなんて、思ってなかったし、それに私は……」

「二人に逆らって、ルシフェルと戦る気だった」

エミリアは転がったまま、小さく頷《うなず》いた。

「オルバ様とガリウス様は、そうは考えていなかったんでしょう？　なんであなたは、それを無視しようとしたんです？」

「あなたも、お説教する気？」

「必要とあらば。でも今は、単純に気になってるだけです」

「…………あの人達が、私を『勇者』にしようとしたからよ」

「？」

エミリアは起き上がろうとして起き上がれず、そのまま続けた。

「あの人達だけじゃない。聖地じゃ、誰も私のことなんか見てなかった。天使の血を引くとか、救国とか、勇者とか、誰よりも強いとかどうとか！　誰も私のお父さんを、村を助けてくれなかったくせに!!」

「……エミリアさん」

「使命だとか、私が世界を救うだとか！　聖剣だとか悪魔だとか、私のお父さんや村を見捨てた奴《やつ》らが、私に世界を救えってなんで言えるの!?　村から聖地に連れていかれてからずっと、私のために戦ってくれる人なんか一人もいなかった!!」

声は枯れて力もない。だが涙だけはとめどなく溢《あふ》れていた。

「強くなればなるほど、皆が私に期待する……私は確かに、力が欲しかったわ。お父さんも村も救いたかった。村が滅ぼされたと聞いた後は、仇《かたき》を討ちたかった。政治なんか知らない。戦後のことなんか知らない！　私の力は私のものよ！　私より弱いくせに、私の行動をあれこれ制限したがって、勝手なこと言って、スローン村を、お父さんを見捨てたくせにっ！」

「ふー……ふっ」

エメラダは、気合いを入れて立ち上がると、笑う膝をこらえてエミリアのところまで歩み寄る。

「何よ、説教したいならすればいいじゃない！　あなた達みたいな政治家が、私は一番大っ嫌いなのよ！」

頭上に立たれ、自分を見下ろすエメラダにエミリアが喚《わめ》くと、エメラダはその側に屈《かが》み込み、そして、

「……辛《つら》かったですね」

エミリアの頭を膝の上に乗せて、優しい声で呟《つぶや》いた。

「……は？」

「帝国の宮廷法術士《ほうじゅつし》として、あなたの村を助けられなかったことを、心からお詫《わ》びします。私達大人に力があれば、あなたにこんな思いをさせないで済んだ」

「な、何よ……」

「……ガリウス様は、あなたのその葛藤をご存じでした。でも、どう声をかけてあげたらいい

か、分からなかったのだそうです。あなたが戦いの才能に目覚めてガリウス様が指導するようになったときにはもう、あなたは聖地の大人達に心を閉ざしてしまっていた。でもガリウス様は、旅を続ければ、きっとあなたに分かってもらえる日が来ると信じていました」

「何を……何を分かったようなこと、あなっ……あな、あなたが、ガリウス様の何を……」

「何も。何も知りません。あなたがルシフェルと戦っているほんの数分の間、言葉を交わしただけです。ガリウス様の葛藤も、あなたの葛藤も、私は分かってあげられない……でも」

エメラダはエミリアの前髪をかき分けると、少しだけ顔を俯《うつむ》かせて言った。

「一つだけ、分かってあげられることがあります」

「な、何よ」

「……内緒、ですよ？」

エメラダは人差し指を唇の前に立てると、言った。

「私の故郷と家族ももう、無いんです」

「っ」

「家族の仇《かたき》を討ちたいと思う気持ちだけは、あなたに勝るとも劣らない。あのときの私には、戦う力があった。実戦経験もあった。それでも私は故郷を助けることができなかった……」

エミリアは、エメラダが何か言葉を呑《の》み込んだように思えた。

だがそれでも、嘘《うそ》を言っているとは思わなかった。

何故《なぜ》ならエメラダの瞳の中に、自分と同じ色を見たからだ。

いや、もしかしたら自分よりもさらに深い憎しみと闇を抱えている気配すらあった。

エメラダが、故郷と家族を失っただけでなく、自らの意志で見捨てたことを知るのは、まだしばらく先のことである。

「疲れましたね」

「………………うん」

「ねぇ、エミリアさん。世の中って無能のザコばっかりなんですよ。無能のザコは無能のザコなくせに、なぜか私達有能な強者に、無能のザコのために戦えって言うんですよ。それが当然って顔して。しかもあいつら、私達のために何かする気なんかさらさら無いんです。ムカつきますよね」

「………………うんっ」

「でも、ガリウス様は違いました。そのことだけは、忘れないであげてください」

「………………うんっ！」

「あなたの未来を、最期《さいご》まで心配されていました。生きてほしいと心から願って、命を賭《と》してルシフェルを足止めし、私とあなたを逃がしてくれた。見えづらいかもしれませんけど、あなたのことを心から思って、あなたのために力を尽くしてくれる人は、必ずいます」

声を殺して泣き始めるエミリアの髪を撫《な》ぜながら、エメラダは暗くなり始めた空に浮かぶ二つの月を見上げた。

「今日からは、私がその一人です」

◇

サンクト・イグノレッドは混乱と恐慌《きょうこう》と、ほんのわずかの勇猛さで熱く乱れていた。

原因はいくつもある。

神聖セント・アイレ帝国から、エメラダ・エトゥーヴァとヘイゼル・ルーマックが救出されたこと。

エメラダとルーマック、そして帝国騎士ゴドウィンから帝都や帝城の状況が詳細に伝えられ、多くの人々が未《いま》だ無事に生き残っている事実が判明したことが教会騎士達を沸き立たせていた。

一方で、聖地の街に住まう多くの市民信徒は、聖地の中心であるイグノラ大聖堂に避難していた。

エメラダとルーマックがサンクト・イグノレッドに運び込まれると同時に、セント・アイレからルシフェル軍が大挙して西進し始めたとの急報が届いたためである。

「ルシフェルは～、勇者エミリア殿の力を純粋に脅威と感じたのだと思います～。エミリア殿は本当に～あと一歩のところまで追いつめましたから～」

六人の大神官が全員集合する聖地の最高意思決定会議に、エミリアとエメラダは並んで出席していた。

「迫るルシフェル軍に対抗するには〜やはりエミリア殿を先頭に立てて〜、頭であるルシフェルと戦うしかないと思います〜」

「……うむ」

筆頭大神官ロベルティオは内心をうかがわせない表情のままヒゲをいじり、一同を見回した。

「神官諸聖の意見を聞こう」

「セント・アイレの宮廷法術士《ほうじゅつし》の話を信用しないわけではありませんが……本当に、彼女が」

大神官セルヴァンテスの視線は、期待半分、疑念半分というところだった。

「オルバ殿、エミリアはそこまで肉薄できたのですか?」

「……私はルーマック騎士団長をゴドウィン騎士とともに連れ出していたから最後まで見たわけではない。ただ、少なくとも」

オルバはエメラダと並んで立つエミリアを横目でちらりと見て、僅かに眉を顰《しか》めた。

聖地に逃げ戻ってきてからゆっくりとエミリアと話す機会が無いので確かなことは言えないが、エミリアから覇気が無くなっているように見えるのだ。

いや、これまでエミリアの内側にくすぶっていたのは、覇気と呼ぶにはあまりに荒々しく粗雑な感情であり、更に外側には何者も寄せつけぬ敵愾心《てきがいしん》の殻があった。

だが今のエミリアは、悪魔への憎しみが無くなったわけではないが、どこか周囲に心を開いているような、一皮むけたような、そんな雰囲気があるのだ。

「……少なくとも、初撃は完全に打ち勝っておった。私やルーマック騎士団長、エトゥーヴァ殿が無事に帰ってこられたことからも、エミリアが善戦できた証拠と思ってもらえれば」

「あまり言いたくはありませんが、皆さんが戻ってこられたのは、ガリウス騎士長の犠牲あってのことではありませんか」

だがセルヴァンテスの指摘も、決して間違いではない。

エミリア個人の力は一時的にはルシフェルを圧倒したが、スタミナという面では全く太刀打《たちう》ちできなかった。

「むぅ……」

ルシフェル戦の顚末《てんまつ》は、オルバだけは一足先にエメラダから聞いていた。

エメラダ、エミリア組みとオルバ、ルーマック、ゴドウィン組は結局セント・アイレでは合流できず、ガリウスが死んだ三日後、サンクト・イグノレッドでボロボロの状態で合流した。

その時から既にエミリアはどこか魂が抜けていた様子だったが、奇妙なことに何をするにもエメラダと一緒にいたがることが増えた。

オルバとしても、エメラダを旅の仲間に引き入れたかったので、エミリアとエメラダの親交が深まること自体は歓迎すべきことなのだが、単に仲良くなっているという以上の、或《ある》いは以外の何かを感じるのだ。

「どうされたのですか。オルバ殿も、帝都での戦いでお疲れのご様子ですが」

「いや……ああ」

そしてセルヴァンテスに指摘されたように、オルバ自身、エミリアやエメラダとはまた違った理由で帝都での戦いの後遺症を引きずっていた。

脳裏から、ルシフェルの姿形が離れないのだ。

あの姿は、まるで……。

セルヴァンテスの嫌味半分の問いにも生返事をしたオルバの思考を、エメラダののんびりとした声が遮った。

「あの～、ここでだらだらしてる間にも～、ルシフェル軍は迫ってるわけですけど～、皆さん、やる気あるんですか～？」

「なんですか。エトゥーヴァ殿」

「だらだら戦犯探ししてる時間あるんですか～って聞いてるんです～。はっきり言いますけど～セント・アイレが集めた神殿騎士団の情報を最大限甘めに評価したとして～」

エメラダの口調は、のんびりしたままだった。

「持って四日ってとこじゃないですか～？」

「よ、四日⁉」

大神官マウロが甲高い声で叫び、ロベルティオに横目で睨《にら》まれる。

「エメラダ・エトゥーヴァ殿。その根拠は」

「お答えします～ロベルティオ様～。セント・アイレが三日で落ちたからです～」

「な、何を言うかと思えば。エレニエムが三日もったのであれば、聖地であればもっと……」

「マウロ様～。話はきちんとお聞きください～。三日で落ちたのは～『セント・アイレ全土』です～。エレニエムは一日ともっていません～」

「んなっ!?」

「その上でお聞きします～。やる気、あるんですか～？」

エメラダは肩を竦《すく》めた。

「皆さんにエミリア殿の力を疑うヒマと実力があると仰《おっしゃ》るならいいんですが～。総指揮官たる皆さんがこんなところでのんびりしているとは～。ガリウス騎士長亡《な》き後～どなたが現場を取りまとめるんです～？」

エメラダの問いというよりは挑発に、六人の大神官達は忸怩《じくじ》たる顔を見合わせた。

そして最後に五人の顔がオルバに向かい、オルバはそれを受けて力の無い声でエミリアに尋ねた。

「エミリア、どうだ。もう一度ルシフェルとやって、勝つ自信はあるか」

問われたエミリアは、一瞬目を泳がせて、言葉を詰まらせた。

五人の大神官はその反応に不満や不安を覚えたが、オルバだけは違った。

エミリアは一瞬だけエメラダに助けを求めるように瞳を動かしてから、それをなんとか堪えて言った。

「一対一では、無理です」

「なっ」

この答えに対する反応も、オルバと他の五人では違っていた。

これまでのエミリアなら、どんな状況であろうと『可能だ』『勝てる』と即答したはずだ。

「でも……敗因は明らかです」

「む」

「エトゥーヴァ様と山の中を彷徨《さまよ》った三日間の中で、敗因をカバーする方策は考えています。ただそれには、多くの協力が必要です」

「お、おお……」

「オルバ殿、何故《なぜ》感動してるんです」

「あ、い、いや。なんでもない」

オルバに家族はいないが、不覚にも子供の成長を目の当《ま》たりにしたときと同様の感動を覚えてしまった。

「戦術的に〜この数日でルシフェルの戦い方が変化したとは思えません〜。もちろん一対一で戦った帝城と～軍勢同士の総当たりでは考えるべきことは違いますが～」

　エメラダは、傍《かたわ》らに立つエミリアの手を静かに握る。

「エミリア殿のやることは変わりません～。ルシフェルに肉薄して奴《やつ》を倒すだけです～。聖剣と破邪《はじゃ》の衣《ころも》の持続時間が長くない問題も～聖地のお力を借りればなんとかなるかと～」

「ルシフェルに肉薄すると仰《おっしゃ》いますが、どのように？　このまま当たれば激突するのは国境よりやや聖地側の平野になります。エミリアの接近を放置するほど、魔王軍もバカではありません。ルシフェルが手勢で周囲を固めたら、消費する聖法気《せいほうき》は更に多くなるのでは？」

「もちろん～エミリア殿が戦うのはルシフェルと、せいぜいその側近程度です～。そこまでは一切戦わせるつもりはありません～」

「ど……」

「どうやって～なんて間抜けなことは聞かないでくださいね～」

　エメラダは艶然《えんぜん》と微笑《ほほえ》み、左手を自分の正面に掲げた。

「光鏡衣《こうきょうい》」

　その瞬間、エメラダとエミリアの姿が完全に掻《か》き消えた。

　神官達の驚きはいかばかりか。光鏡衣《こうきょうい》は高度な法術《ほうじゅつ》ではあるが、誤魔化せるのは視覚だけで聖法気《せいほうき》は感知されてしまうため、高度な戦士や法術士《ほうじゅつし》には効果が薄いとされていた。

　だが、目の前で使用されたエメラダの光鏡衣《こうきょうい》はエメラダとエミリアの聖法気《せいほうき》すら完全に覆い隠している。

「ろ、ロベルティオ殿っ!!」

術を解いたエメラダはロベルティオの背後に立っていた。

大神官に対する反逆ともとれるその力にしかし、大神官の誰一人として対処できない。

最初の場所から動いていなかったエミリアは、六人の大神官を向こうに回し一歩も譲らない人間が存在することに心底驚いていた。

同時に自分が、全く教会の外の世界のことを知らなかったということも理解する。

エメラダの年齢がいくつかは分からないが、少なくとも六人の大神官達よりは圧倒的に年下のはずだ。

だが光鏡衣《こうきようい》の精度や帝都から国境までエミリアを抱えて飛空する体力と聖法気《せいほうき》総量は、六人の中で最も武闘派であるオルバと並ぶかそれ以上という印象すらあった。

「皆さんなら誤魔化せても〜ルシフェルやその周辺にどこまで通じるか分かりません〜。ですので〜ルシフェルとエミリア殿が可能な限り一対一になれるように〜、少数精鋭パーティを組みたいと考えます〜。ルーマックさんの復帰は難しそうなので〜」

エメラダは、ロベルティオの傍《かたわ》らからオルバを見て、笑顔を浮かべた。

「お願いできますよね〜オルバ様〜?」

大神官会議を終えたエメラダとエミリアは、オルバを伴って廊下を進む。

「それで、エトゥーヴァ殿。少数精鋭とは仰《おっしゃ》るが、どの程度の力量を想定されておるのだ」

「いえ〜特には〜」

「ん？　どういうことだ。ある程度の力量があれば誰でも良《い》いということか」

「いえ〜そういう訳では〜」

捉えどころのないエメラダにオルバは困惑するが、エメラダの答えは結局のところ簡潔だった。

「ここにいる三人以外は必要ありませんので〜」

「ここにいる三人……なっ⁉」

エメラダ、オルバ、そしてエミリア。エメラダは他には誰もいらないと言っているのだ。

「私の光鏡衣《こうきょうい》がカバーできる範囲は限られていますから〜。この三人をカバーしたらもう限界ですし〜、それに〜ルシフェルの実力を目《ま》の当《あ》たりにしたのはこの三人以外はゴドウィンさんだけで〜、ゴドウィンさんの力は私達には及びませんので〜」

「しかし、たった三人では！」

「他に何人いても死ぬだけです〜。ルーマックさんが元気だったらアリでしたけどとてもそんな状況ではありませんから〜」

「ぬう……エミリアは、それでよいのか」

「はい。エトゥーヴァさんが言うことは、理にかなっていると思います。教会騎士の中で私と事を構えることができたのはガリウス様くらいですし、ガリウス師はもう、いませんから」

理にかなっている、という物言いとガリウスの名を出したエミリアに、オルバはかすかに苛《いら》立《だ》ちを覚えた。

理がどうこう言うのであれば、オルバやガリウスは帝都までに幾度も理でエミリアを諭そうとしてきたからだ。

別行動している間に、世間知らずな部分を突かれてエメラダに籠絡《ろうらく》されたのだろうか。

「誤解しないでいただきたいんですけど〜、私がエミリアさんを誑《たぶら》かしたとか思わないでくださいね〜」

するとエメラダは、オルバの内心を見抜いたように言った。

「私がエミリアさんを誑《たぶら》かしたんじゃなく〜、オルバ様達が彼女を粗末に扱っていただけですから〜」

「え、エトゥーヴァさん！」

エミリアはあたふたするが、エメラダは得意げな笑みを浮かべてオルバを上目遣いに見る。

「修道院を出るかどうかって年齢の子供を勇者だ使命だと締め上げて〜、精神的な成長をないがしろにしたじゃありませんか〜。そりゃあ親身になってくれる年の近い同性のお姉さんの方が頼りにされますよ～」

　それはつまり籠絡《ろうらく》とか誑《たぶら》かしとかの類《たぐい》ではなかろうかと思ったそのときだった。

「でも、ある意味これはあなたの狙い通りなんでしょう？　オルバ様」

「な」

「ガリウス様とあなたは、自分達の言うことを聞かないエミリアさんに親身になれる役として、私とルーマックさんを指名したんでしょう？」

「あ……いや、それは」

「隠さないでもいいですよ。ガリウス様から託されました。エミリアさんも、そのあたりのことは薄々察しています」

「ぬ、ぬぅ……」

　オルバは娘に隠し事がバレた父親のような、情けない顔でエミリアを見るが、エミリアは特に怒るでもなく、悄然《しょうぜん》としているだけだ。

「オルバ様。娘という生き物は、反発はしますけど、案外きちんと言われたことは覚えていて、きっかけ一つで反省して、それまで染《し》み込まなかった言葉が染《し》み込むものなんです」

「……」

「まだ、反発は、あります」

　エミリアはぽつりと言う。

「オルバ様も見たでしょう。教会騎士団の先輩方は私より弱いくせに、何かと私につっかかってきます」

「ああ、確かにそんなことがあったが」

「ガリウス様もオルバ様も、私に勇者としての在り方ばかりを強いてくるとずっと感じていました。私がどうしたいかということは、誰も聞いてくれなかった」

「そ、それは、すまなかったが、だがそれならそうと言えば……」

「周りの空気がそれを言うことを許していなかったんですよ。エミリアさんだって周りが言うことの方が、客観的には理にかなっていると分かっているんですから」

「む、むぅ、そうか……」

「エミリアさんは、教会が考える政治の理屈も理解しています。私も政治家の端くれですから、オルバ様や教会が戦後有利になるよう立ち回ろうとした気持ちは理解できますし、他ならぬセント・アイレも、西大陸の諸国家相手に同じことをしようとしましたから」

魔王軍侵攻による諸大陸の侵攻は、もちろんセント・アイレも把握していた。

把握していた上で、セント・アイレは西大陸諸国家を積極的に助けなかった。

世界でも指折りの国土と統率された軍事力を持っているセント・アイレは、東のエフサハーンや南のタジャ宗家《そうけ》国《こく》の崩壊も、どこか他人事《ひとごと》として受け止めていたのだ。

エメラダは当時から楽観しすぎだと考えていたが、だからといってその報いをたった三日で受けることになるとも思っていなかった。

「オルバ様、そういうこともエミリアさんには隠しがちだったでしょう？」

「いや、だがそれはエミリアの性格上……」

「彼女の真《ま》っ直《す》ぐな性格だと、大人のそういう汚さみたいなものは受け入れられないだろうって考えました？」

「うむぅ……」

「ダメですよ。それでも話さないと。おっさん達にチラ見されながらこそこそ内緒話されるなんて、年頃の女の子にはもう最悪中の最悪です。はっきり言って痴漢と同レベルです」

「そこまでも言わんでもいいだろう!!」

オルバの悲痛な叫びに、エメラダはただ笑い、そして、

「だから」

エミリアの腕を取って引き寄せ、

「私達は『対等』になりましょう。オ、ル、バ」

オルバを呼び捨てにした。

外交的にも、年齢的にも、立場的にも、客観的には許されることではない。

エメラダは一国の重鎮ではあるが、オルバの教会での立場はそれを遥《はる》かに凌《しの》ぎ、年齢も倍以上、しかも大法神教会《だいほうしんきょうかい》信徒としてもあり得ない話だ。

その上で、エメラダはオルバを呼び捨てた。

「私に、エミリアの仲間になってほしいんでしょう？」

「む……」

「お互い、領土のある国を背負う身です。一切の秘密無しに何もかもさらけ出す間柄になれって言うんじゃありません。ただ、ルシフェルを倒した後、諸国を回り色々な人の協力を取りつける上で、私達の間に上下関係があることは、好ましくないんじゃありません？　外交宣教部も、そういうスタンスで動いているんでしょう？」

「……確かに、な」

外交宣教部が宣教先で取る基本的な態度でもある。

曰《いわ》く、位階を示すよりも、人として対等であることを示せ。

「でも、エミリアはそんなに器用な性格じゃありません。外面だけじゃなく、私達は心から対等でいなければならない。そうでなければエミリアは『私達の勇者』にはなってくれません。演技をさせても、彼女の心がそれを許さない。それは、悪魔にも人々にもきっと見透かされます」

「……そう、だな」

エメラダに説得されるまでもなく、オルバも分かっていたことではあった。

だが多くの実戦を経験してきた身から見たエミリアの姿は、あまりにも未熟で危うく、オルバもガリウスも、彼女の心を間違った形で守ろうとしてしまった。

「エミリア」

「……は、はい」

「すまなかった」

「え、あ、そんな……」

「色々不満もあっただろう。私も未熟な部分が多々あった。これからは、お前の不満を隠さずにぶつけてこい」

「え、えっと……」

戸惑うエミリアに、エメラダが耳打ちする。

「手始めに～呼び捨てにしてみましょ～」

「え、ええっ⁉　オルバ様を、呼び捨てにっ⁉」

あたふたしながらエミリアはオルバを見ると、オルバは口を尖《とが》らせながらもまるで少年のように気恥ずかしそうに視線をそらしている。

「お……オルバ、さ、ん」

「……」

「エミリア～。よ～び～す～て～」

「う、うう……お、お、お、オルバ……！」

「……なんだ」

オルバが、十代の小娘騎士の呼び捨てに、素直に返事をした。

「……わ、私……勇者が何かって、まだ、分かり……ません」

「うむ……」

「多分、皆が期待するような、聖典の英雄みたいな存在には、きっとなれない……です」

「……うむ」

「正直、不満も色々あり……あった。周りの勝手な思惑は、今でも嫌、で、でも……」

エミリアは、オルバの顔を真《ま》っ直《す》ぐ見た。

恐らく、心から、初めて。

「でも……大事にされてたってことも、分かった。ガリウス様が、それを教えてくれました」

「ああ」

オルバも初めて頷《うなず》いた。エミリアの顔を見ながら。

「オルバ！　エメ！」

「ああ！」

「はい～！」

エミリアは、振りきった。

「私は必ずルシフェルを倒す！　お願い、協力して！」

◇

聖地サンクト・イグノレッドは、国ではない。

だがそれでもセント・アイレとの間に不可視、不可侵の国境は確かに存在し、聖地側にはちょっとした小国の城に匹敵する聖堂という名の砦《とりで》がある。

その砦《とりで》に迫るルシフェル軍は、セント・アイレ全軍に比して決して多くないが、地に空に展開するかつてない陣容の軍だった。

「これが……悪魔の軍勢……」

ルシフェル軍迎撃の総大将となった大神官ヴァーディグリスは、足が震えるのをこらえきれなかった。

だがそれでも大神官の矜持《きょうじ》として、拳を握りしめ足を踏み鳴らす。

「ここを抜かれれば人類が終わると思え!!　ロベルティオ殿、マウロ殿、セザール殿の手を煩わせるな！」

ヴァーディグリスの号令で、砦《とりで》の守備騎士は鬨《とき》の声《こえ》で答えた。

「聖なる恩寵《おんちょう》を受けし神の信徒よ！　魔の者の侵攻を決して許すな！　我に続けっ！」

砦《とりで》の正面に布陣した迎撃軍を前線で率いるのは大神官セルヴァンテスだ。

決して後ろに控えず、最前線で剣を携え悪魔の軍に突撃する若き大神官に、多くの騎士達が勇気を得て続いた。

「僕らをナメた奴《やつ》らを皆殺しにしろ！　勝利をサタンに……魔王様に捧《ささ》げろ！」

ルシフェル軍もまた、総大将ルシフェルの号令の下、地上を走る教会軍に向けて殺到した。

湿気の多い曇天の空の中、翼を持つ悪魔達が雲を引いて先頭の騎士を全力で狙い、着弾した魔力球の爆発が、平野中に戦端が開かれたことを告げた。

「恐ろし気な見た目に惑わされるな！　巨大な敵は恐れず足を狙え！」

セルヴァンテスの号令は人魔の入り乱れる戦場でもよく響き、教会軍の連携は、即席の編成であるにもかかわらずよく取れていた。

「ルシフェル様！　敵右翼の敵将を早くも撃破した模様です！」

「空襲部隊の一撃目はまずまずといった感じですが、敵はセント・アイレ軍と大した力量の差は無いと思われます」

「………………」

配下の悪魔が担《かつ》ぐ輿《こし》の上に腰かけながら最後方で戦況の報告を受けていたルシフェルは、苛《いら》立《だ》たし気に頬《ほお》杖《づえ》を突き貧乏ゆすりをしていた。

「ルシフェル様？」

「あんなザコどもなんかいくら気にしたって無駄だよ」

「は？」

「あの髪の長い女……あいつの気配がどこにも無い。ちょいちょい強い聖法気《せいほうき》の持ち主がいるけど、どれもこれもあの女に比べりゃ小粒もいいとこだ」

「はあ……」

「エメラダ・エトゥーヴァとヘイゼル・ルーマックを連れ出された以上、奴《やつ》らだってつまんない油断しちゃいない。あいつらは自分に勝ち目が無いって分かってる。奴《やつ》らにとっての唯一の勝ち目は、僕を殺すことだ」

激情にかられての進軍ではあったが、それでもルシフェルは冷静だった。

「アタマを取れれば、軍は簡単に崩れる。お前らだってそれはよく分かってるはずだろ」

ルシフェルの傍《かたわ》らにいるのは、全身を黒い甲殻で包み、二股に分かれ鉤爪《かぎづめ》のある尾を持った鉄蠍《てつかつ》族の男だった。

「だがこれは魔界の戦いじゃない。僕が殺されればお前らは皆殺しにされる。心して警戒して、陣を守れ、いいな」

「……はっ！」

鉄蠍《てつかつ》族の男はルシフェルの命令に姿勢を正し了承の意を示した。

ルシフェルは、その姿をすぐに視界から外し、戦場を見た。

「さて、こういうとき……」

そして、戦場から目を外し、空を見上げた。

「あいつなら、どうするかな」

「エメラダよ！　本当にこの方法しかなかったのか！」

「これが最速最短ですよ～！　戦場に紛れる手も考えましたが～、ほら～エミリアが～！」

「わ、私がやるべきことはちゃんと分かってるわよ！」

「どうでしょうね～！」「どうだろうなあ！」

エメラダとオルバは疑惑の声を同時に上げた。

オルバに背負われているエミリアに向けて。

「お主のことだ！　目の前で殺されそうな者がいたら、我慢できずに助けに入るだろう！」

「目に見えるようです～！　だからこうして戦場が全く見えない所から行くしかないんですよ～！」

「もうっ……！」

やたらと三人が大声で話しているのも仕方がない。

三人は雲の上まで飛んでいるのだ。

ルシフェルに接敵するまでエミリアには一切聖法気《せいほうき》を使わせず、エメラダは光鏡衣《こうきょうい》を展開しながら飛んでいる。

空飛ぶ悪魔よりも更に高空からの急降下接敵が、エメラダの考え出した策だった。

これはルシフェルが飛空を得意とする悪魔であることからも有効な策だと思えた。

ルシフェルもエミリアが油断ならない相手だと分かっているので、全く気取られずに一太刀《ひとたち》浴びせることは不可能だろう。

だからこそルシフェルは、エミリアから受ける自軍の被害を少なくするため、必ずエメラダの光鏡衣《こうきようい》を見破り、邀撃《ようげき》に上がってくる。

見破られたと判断した時点でエメラダとオルバが対地攻撃でルシフェルを挑発し、邀撃《ようげき》に上がってくる可能性を引き上げる。

ルシフェルが上がってくれれば、あとはエミリアと一対一。エメラダとオルバは討ち漏らした悪魔が邪魔に入らないよう周囲の悪魔と戦うだけ。

エミリアの聖法気《せいほうき》総量の問題は、また別に対策を打ってある。

「そろそろですね～！　オルバも感じましたか～！　ルシフェルの巨大な魔力を～！」

「無論だ！　間違えるはずがない！　よし……エミリア、準備はいいな！」

「ええ！」

「行くぞ！」

オルバの合図で三人は急降下する。

帝都のときとは違い、ルシフェルの巨大な魔力の位置はどこにいてもはっきりと分かる。

遥《はる》か眼下に大戦争の騒乱が見え、悪魔側の最後方に、輿《こし》に乗せられた大将が見える。

「見えたぞ！」

「っ!!　オルバ！　エメ！」

その瞬間、エミリアは気づいた。

「見られてる!!　ルシフェルはこっちに気づいてるわ！」

エミリアが叫んだ瞬間、地上からエミリア達に向かって無数の魔力球が放射され始める。

「少し早いが迎え撃たれるのは想定内だ！」

「ええ！　エミリア！　全力を！」

エメラダの指示でエミリアはオルバの背から離れ、落下に身を任せる。

「……顕現せよ、我が力、魔を滅ぼさんがためにっ!!」

〝進化聖剣《ベターハーフ》・片翼〟と破邪《はじゃ》の衣《ころも》が最大出力で顕現する。

「ルシフェルっ！」

「……」

だがルシフェルは動かない。輿《こし》に座ったまま、真《ま》っ直《す》ぐ迫るエミリアを見据えるだけだ。

「ルシフェルっっ!!」

「その手は僕も知ってるんだよ。僕らもよくやってたからさ」

エメラダもオルバも焦《あせ》りを深くする。

ルシフェルどころか、周囲の悪魔も邀撃《ようげき》に上がってこない。

エメラダ達の攻撃は的確にルシフェルの周囲の悪魔を何体か倒しているのに、悪魔は全く上がってこない。

「二人とも撃ち続けて！　相手は誘いには乗らないわ！　腹くくって、地上で戦うわ！」

「エメラダ！　最初の策は破れたぞ！」

「分かっていますう～！　次善の策も用意したでしょう～！」

「人間どもが来るぞ!!」

人間最強の三人が、悪魔の本陣に隕石《いんせき》のように落下し、悪魔の本陣を圧し潰した。

悪魔の群れの中で、エミリアとエメラダとオルバは、ルシフェルは対峙《たいじ》した。

「名前、なんだったっけ」

「今更自己紹介をするつもりは無いわ。悪魔に教える名なんて無い！」

「……エミリア～。名乗っておきましょう～」

「は？」

「ここの悪魔を一匹残らず殲滅《せんめつ》することは不可能です～。だったらしっかり名乗って～、私達の勝利で魔王軍をビビらせておかないと～」

「エメラダ・エトゥーヴァ。お前、もう僕に勝てる気でいるの？」

「当たり前です〜。今日……世界を救う勇者が生まれるんですから‼」

「それがこいつ、ね。世界を救う。ふぅん」

ルシフェルはにやにやといやらしい笑いを浮かべて、頷《うなず》いた。

「お気楽なことで」

そして、黒い翼をやにわに広げた。

「来いよ。勇者とやら。お前と、お前の背後にあるもの全部、僕がぶち壊してやるよ」

「それはこっちのセリフよ！　いいわ、エメが言うなら教えてあげる。私の名は、エミリア。エミリア・ユスティーナ！」

進化聖剣の刃が広く、厚く、長く、そして力強く輝いた。

「あなた達魔王軍を滅ぼす勇者の名よ！　しっかり心に焼きつけて、死になさいっ‼」

※

「……生きてるよね、漆原《うるしはら》さん」

梨香《りか》の問いに、恵美《えみ》とエメラダはなんの気なしに小さく頷《うなず》いた。

「私は殺したと思ってたのよねー」

「私も殺せたと思ってたんです〜」

「うおおお……そ、そっかぁ」

エンテ・イスラの人間世界の事情を梨香《りか》なりに理解しようとし始めた直後だったので、恵美《えみ》とエメラダの「殺したと思ってた」が、掛け値なしに本音だということも理解できてしまった。

一方で、梨香《りか》にとっての漆原《うるしはら》は芦屋《あしや》や真奥《まおう》と同じく『人間』として知り合った、友達とまでは言わないが知り合い程度にはお互い認識している間柄だ。そのため自分の友達が自分の知り合いと殺し合う仲だったということを今日、リアルに思い知らされて、今まで抱いたことのない感情を抱え込んでしまった。

「リカさんは～ササヅカにルシフェルがやってきた経緯はご存じですか～？」

「あー、なんか最初は真奥《まおう》さんや恵美《えみ》の敵だったんだよね？」

「ですです～。そのときエミリアと魔王を殺すためにルシフェルを日本に連れてきたのが～、今の話に出てきたオルバ・メイヤーなんです～」

「うぇえぇ……いや、まぁそのオルバさんの話もざっくり聞いてはいたよ？　どういう理由で何をしたかもさ。ただ、今の話の中のオルバさんと全然繋《つな》がらないんだよね」

「私達だってそうよ。少なくともあの頃のオルバは、政治家としてのしたたかさや狡猾《こうかつ》な面も確かにあったけど、いつも仲間のことを考えていて、とても頼りになる……信頼できる人だったんだから」

「不覚にも私も同様でして～。というかあんなこと考えていたとはさすがに予想だにしなかったというか〜」

「なんだっけ、漆原《うるしはら》さんというかルシフェルに出会って『天使』が今も実在するって確信しちゃったから、自分も天使とか神様になれるって思い込んじゃったんだよね」

「ざっくり言うとそういうことですね〜。今のオルバは〜、正直言って良好な精神状態ではないので〜、当時のことを聞きたくても〜、あんまり正確な情報は引き出せないみたいんですけど〜」

「でも、私本当にルシフェルを刺したのよ？　こう、大体この辺をぐさっとやって、そのまま腹をこう横向きに……」

「わ、分かった分かったって！」

「ほんと、絶対殺したと思ったのになぁ」

お祭りの射的で当たったはずのに的が倒れなかった的なノリで、友達が知り合いを殺したはずとか言い出す有様《ありさま》に、梨香《りか》はどう反応していいのか分からなかった。

「まぁとにかく〜。そんな感じでトガりにトガってたエミリアと〜セント・アイレの重鎮だった私と〜宗教的権威だったオルバが対等の仲間になった経緯がこんな感じだったんです〜。それで〜」

エメラダは頰に指を当てると、艶然《えんぜん》と梨香《りか》に微笑《ほほえ》みかける。

「私が〜ルシフェルと絶対に慣れ合えない理由も〜お分かりいただけたかと〜」

「あ、あぁ〜……あー、そうだった、ね。最初はそういう話だったもんね」

恵美《えみ》とエメラダの過去の話に熱が入りすぎたが、そもそもはエメラダが漆原《うるしはら》を激しく嫌悪《けんお》している理由を知りたかったのだ。

「えっと……今の話だけでも、アンナさんと、ガリウスさんが漆原《うるしはら》さんに殺されてるってことだよね。その、ゴドウィンさんって人は？　聖地までは行けたんでしょ？」

梨香《りか》の問いに、エミリアとエメラダは少し暗い顔を見合わせた。

「え……まさか……」

「…………ええ、実はその後しばらくして」

「……そう、だよね。戦争だもんね、どこで何があっても……」

「ルシフェル軍を倒した後、ルーマックさんの部下としてセント・アイレに復帰して、今、そのあたりにいるの」

「そうだよね、そのあたりにい…………は？」

梨香《りか》は大きく目を瞬《しばたた》く。

「なにせ〜『勇者エミリア』のスタート地点にいた人ですし〜ルシフェル軍の下で生き残った強《したた》かで有能な人でもあったので〜、ルーマックさんにずっと重用されてたみたいで〜」

「今回の神討ちにも参加してたのよ。もう何度も顔合わせてて」

「な、なんだ驚かさないでよ！　二人して急に暗い顔するからてっきり死んじゃってるもんかと思ったじゃん！」

「いやぁ〜、だって〜、散々エミリアがトガってたって話しましたけど〜、私も若気の至りというか〜、なんだかんだ私もトガってましたし〜、言うなれば〜」

「私やエメや……あとはオルバの黒歴史も色々知ってる人だから、ゴドウィンさんは全く悪くないし、本当にいい人なんだけど、こっちが気おくれしちゃうのよね」

「エミリアはまだいいですよ〜。勇者の若い頃の失敗なんて英雄譚《たん》のスパイスみたいなものじゃないですか〜。セント・アイレでは〜法術監理院《ほうじゅつかんりいん》と騎士団は政治的には色んなところで対立してましたから〜、あの人ルーマックさんの下で私の身の回りのこと色々知れる立場にあったんですよ〜」

「あ、ああ……で、でもルーマックさんが信頼してる人なら、色々なこと超越して信頼できる人ではあるんでしょ？」

「え、ええ……そうなんだけど、ね」

エミリアは暗い顔のままだ。そして、エメラダを横目で見る。

「今の話の流れで、分からない？」

「え、と？」

「エメとルーマックさん、それにゴドウィンさんは、ルシフェルが何をしたのか、誰よりもよく知ってるの。だから……」

「あ……」

「お二人とも私ほど露骨じゃありませんが～、エミリアがルシフェルと普通に話をしてご飯を食べているのを～内心良く思っていない人でもあるんです～」

「それは、そうだよね。でもゴドウィンさんは知らないけど、ルーマックさんは、芦屋《あしや》さんや漆原《うるしはら》さんとそこまでバチバチって感じではないよね？　仲良しだとは思わないけどさ」

「お二人とも軍人ですから～、軍人の理屈で処理してるんだ思います～」

「軍人の理屈？」

「戦争中のことは戦争中のこと。戦争が終わればかつての敵も殺しちゃいけない相手になるってことよ。それは、実はルーマックさんから予《あらかじ》め断られたの」

「そうだったんですか～？」

「ベルが仲立ちしてくれたのよ」

「鈴乃《すずの》ちゃんが？」

「ベルはある意味エメ以上に、私の状況のジレンマに付き合った人よ。だから、神討ちの前の人員調整で、主だった人達に色々聴取に回ってくれたみたい」

「私の所にはいらっしゃいませんでしたけどね～」

「エメは私が話すって言ったからよ。そんなスネないで」

口を尖《とが》らせるエメラダの肩をさする。

「ま〜ともかく〜、これでリカさんにも〜ルシフェルが如何《いか》に悪辣で卑怯《ひきょう》で残虐でクズでカスでどうしようもない悪魔で〜、私がぜぇ〜〜〜〜ったいに〜あいつと仲良くできないってことは分かっていただけたと思います〜」

「……うん。それは、よく分かった」

梨香《りか》はエメラダが持ってきてくれたサンダルを見下ろす。

「私はさ、千穂《ちほ》ちゃんよりもずっとユルっとみんなの事情に割り込んじゃったし、漆原《うるしはら》さんはともかく、真奥《まおう》さんと芦屋《あしや》さんは今でも人間の性格の方が本物って意識があるからさ、こう、どっか漆原《うるしはら》さんも、そういう相手だって未《いま》だに思ってるフシがあるんだ」

「梨香《りか》……」

「恵美《えみ》、エメラダちゃん、話してくれてありがとう。今日の話は私個人が漆原《うるしはら》さんとどう付き合うかってことよりも、私の目に映る人達が漆原《うるしはら》さんに対してどういうスタンスなのかを理解するために必要だったんだと思う」

梨香《りか》はエメラダから借りたサンダルを履いて、言った。

「多分、今の話を聞いても私の漆原《うるしはら》さんへの態度って、そこまで変わらないし変えられないと思うんだ。でも今の話を知ってさえいれば、私が漆原《うるしはら》さんと今みたいな付き合い方をしている理由を正しく伝えられるようになる気がする。漆原《うるしはら》さん達を怖がる人、嫌う人とも、きちんと付き合える気がする。ちゃんと、エンテ・イスラの人達のそばにいられるように今、なったんだと思う」

「……さすがは～エミリアが認める親友ですね～」

エメラダは優しい目で梨香《りか》を見ると、少々強引に話を変える。

「ところで今更ですけど～、リカさんは今回なんの御用で～？」

「あっ！　そうだそうだ恵美《えみ》に届け物しにきただけなのよ！　アラス・ラムスちゃんのご飯の材料の牛乳！」

梨香《りか》の墜落で箱が凹《へこ》んでしまったロングライフ牛乳の箱を慌てて開けると、中身もかなり凹《へこ》んでいたが、幸い破損は無いようだった。

「よかったぁ！　無事だー！」

「ありがとね梨香《りか》。助かるわ。これがあると無いとじゃ本当アラス・ラムスの機嫌に関わるのよ！　重かったでしょ。いくらだった？」

「聞いてたよりちょっとだけ安かったよ。レシートこれ」

魔王城の床が抜けそうなほど重い話の後に、物理的には重いけど気持ち的にはとても軽い話題で笑い合う恵美《えみ》と梨香《りか》を見て、エメラダは少しだけ面白くなさそうに口を尖《とが》らせると、

「話には聞いていましたけど～どんな商品なんですか～？」

少々強引に、恵美《えみ》と梨香《りか》の間に割り込んでゆくのだった。

※

満身創痍《そうい》のエメラダとオルバが倒した悪魔の数は、それぞれ三十以上に及び、大平野の戦況も、教会優位で決着がつこうとしていた。

「はあ……っ、はあっ……み、見てください、オルバ……」

「ああ……」

「人間が……人間が、悪魔に……」

そしてその間、エミリアとルシフェルの戦いは一瞬の隙間もなく続いていた。

「勝とうとしています！」

地面すれすれの低空を超高速で飛ぶルシフェルはヴァーディグリスが待機する聖堂に迫るが、迎撃するエミリアがそれを許さない。

紫色の光と黄金の光が砦《とりで》の聖堂の麓で激突し、そのまま錐揉《きりも》みながら空に巻きあがって雲へと突入してゆく。

「クソがクソがクソがクソがああああああ！」

「どうしたの！　この前の余裕はどうしたの!?　折角人間の言葉を喋《しゃべ》るなら、もう少し気の利《き》いた罵声でも吐いてみなさいよ！」

光を眺めるだけならいっそ美しくもある聖法気《せいほうき》と魔力の激突の内側では、ひたすらに品の無い罵声の浴びせ合いが繰り広げられていた。

「勝てる、勝てるぞ！　我々が悪魔を駆逐できる！」

平野で悪魔の返り血を全身に浴びたセルヴァンテスも、聖堂で戦況を見守っていたヴァーデイグリスも、エミリアが明確にルシフェルを凌駕《りょうが》していることを実感していた。

エミリアが敵の頭を押さえている。

それだけで、教会騎士団が悪魔の軍勢相手に、それなりに優位に戦うことができた。

全く慌ただしく調《ととの》えた軍で、未知の魔術や空飛ぶ敵といった対人間ではあり得ない勢力を向こうに回してなお、教会騎士団が善戦できる原因は、他に考えられなかった。

そしてルシフェルもまた、その事実を痛いほど実感していた。

敵の要所を、敵の頭をまず押さえる戦い方は『魔王軍』の征服戦略の定石だったからだ。

ルシフェル自身、西大陸攻略にあたり幾度も同じ戦い方をした。

自身が空を飛べる強力な手勢を率い、国の中枢を狙い撃ち制圧する。それだけで人間の国は面白いほど簡単に落ちていった。

そして、何よりも……。

「クソっ、この僕が、この僕が、こんな奴《やつ》にぃいいいい!!」

ルシフェルの脳裏によぎったのは、魔王軍悪魔《あくま》大元帥《だいげんすい》達の、かつての姿だった。

水と氷に満ちた岩砦《いわとりで》に座する魔牛の長。

岩の谷に巣食う毒虫達の長。

そして、広大な平野で無数の部族を纏《まと》めていた幻術使いの長。

皆、兵も将も通り越して、頭を狙われ、そして服従し、まとまった。

「嘘《うそ》だろ。負けるのかよ。僕が、こんな所で」

拳が通らない。熱線が弾《はじ》かれる。

魔氷の剣も通じない。

そして何より、エミリアの聖法気《せいほうき》が、いつまで経《た》っても切れる様子が無い。

「こんな、こんな所でえええええええええ!!」

「ルシフェルうううっっ!!」

何万と展開しスクリーンのごとく広がった紫光の熱線を突き抜けて、エミリアの〝進化聖剣《ベターハーフ》・片翼〟の切っ先がルシフェルに迫った。

「何でだよ」

ルシフェルは自分の体を突き抜ける聖なる金属の感触を、どこか他人事《ひとごと》のように考えていた。

全身の血が凍ったように冷たくなり、激痛が全身を沸騰させ、視界が歪《ゆが》む。

「……お前、この前は、あっという間にスタミナ切れしたじゃないか」

「何よ、気づいてなかったの」

エミリアは、剣を握った右手とは反対の、左手に金属製のスキレットのようなものを握っていた。

「エメ特製、聖法気《せいほうき》を凝縮したスピリッツよ。聖地の法術士《ほうじゅつし》、たっぷり五十人分。恐ろしくマズいけどね」

「……戦いながら、酒飲むなよ。フザけてんのかよ……がふっ」

ルシフェルは激しく血を吐いた。

「でも、それだけじゃない。これはもう空っぽよ。あなた、本当に強かった。私が勝てたのは……みんなのおかげ」

「……？」

エミリアが地上を指し示し、ルシフェルは目だけで地上を見る。

そこではまだ大勢の悪魔と人間が戦っていたが、一部、空に向けて手をかざしているだけの部隊が散見された。

「地上から、聖法気《せいほうき》を……クソ、ンなことできんのか……はは。そんな話、聞いたことな……げふっ……なんのために、法術《ほうじゅつ》の、研究……」

「ルシフェル……あなたが踏みにじった多くの人々に……私の故郷に、お父さんに、懺悔《ざんげ》しながら死になさいっ‼」

ルシフェルの胸を貫いた剣を、エミリアは力任せに捩《ね》じり、

「がはっ……」

「ルシフェルううううっ！」

そのまま刃を横薙《な》ぎに払い、ルシフェルの体を引き裂いた。

「ぐあああああっ！」

ルシフェルの背から、翼が消失する。

悪魔の生命エネルギーたる魔力が、一瞬で霧散していった。

「嘘《うそ》だろ……なんだよこれ……どうにかしろよ……サタン、見えてなかったのかよ……お前、いつだって、僕らが、予想しなかったこと、見えて……なんで……助け……」

「あなたは、命乞いをした人間を、助けたことが一度でもあるのかしら」

「サタン……カミーオ……誰か……なんで、誰も……」

「いい加減、滅びなさいっ！　天光《てんこう》、炎斬《えんざん》っ‼」

致命傷を負ってなお命の尽きないルシフェルに、エミリアは聖剣の炎をダメ押しで浴びせかけた。

「く、ククク……こんな、とこが、僕の、ゴール……タダで、死ぬかよ……」

「あなた、まだ⁉」

「ケケケキキクク……もうちょっとビビれよ……死ぬ土産には足りないよ」

「エミリア！」

「オルバっ⁉」

ルシフェルの異様な気配に、オルバが最後の力を振り絞って地を蹴った。

そして異様な魔力を増幅させてゆくルシフェルの切り裂かれた横腹に流星の如《ごと》く激突し、エミリアからルシフェルを引き離した。

「逃げよエミリアっ‼」

「オルバぁっ‼」

「………クソが」

オルバの勢いに抵抗できず、ルシフェルはふらふらとエミリアから引き離され、そして、

「ううううっ‼」

「きゃああっ⁉」

地上にいたエメラダすら顔を背けるほどの圧力と業火《ごうか》を巻き起こし、ルシフェルの全身が閃《せん》光《こう》を放って爆発した。

エミリアは爆風をもろに喰《く》らって吹き飛ばされ、地上にも魔力の炎が多く降り注いだ。

なんとか体勢を立て直し地面に着地したエミリアが空を見上げると、そこにはルシフェルの姿も、オルバの姿も無く、魔力の残滓《ざんし》だけが漂うだけだった。

「勝った……？」

「勝ったのか？」

「ルシフェルが、消えた、ルシフェルが、死んだ‼」

「人間が、勝ったあっ！」

ルシフェル消滅の報が波のように戦陣に広がり、人間側の士気が否応《いやおう》なく上がる。

「誰か！　誰か来て！　オルバが！　オルバが‼　エメッ！」

「飛べる者！　回復の法術《ほうじゅつ》を使える者は私に続きなさいっ！　オルバがルシフェルの最後のあがきに巻き込まれました！　早くっ‼　オルバを探して‼」

エミリアとエメラダの絶叫に、一瞬浮かれかけた周囲の騎士や法術士《ほうじゅつし》達の顔色が変わり、慌てて駆け寄ってくる。

「……オルバ殿の捜索は、エミリア……いや、勇者エミリア殿に一任する！　神の使徒達よ！　勇者に続け！　悪魔の残党を殲滅《せんめつ》するのだ！」

前線では浮かれかけた全軍の綱紀をセルヴァンテスが粛正し、ルシフェル消滅の報に浮足立った悪魔達を一体、また一体と撃破していった。

「オルバ、冗談やめてよ、オルバ、オルバ様！　お願い、これ以上私、私を知っている人を、失いたくない。ガリウス様、お願いします、オルバ様を守って……」

エメラダと何人かの騎士と法術士《ほうじゅつし》と合流したエミリアは、オルバがルシフェルに激突して飛び去った方向に向けて残る力を振り絞って飛び、空から地上からオルバを探すが、何時間経《た》っても見つけられない。

ルシフェル軍の残党がセント・アイレまで撤退した後も捜索は続いた。

全身に大やけどを負い、虫の息のオルバが平野を横切る川の遥《はる》か下流の岩場で発見されたのは、ルシフェル軍を撃退してからたっぷり二日経《た》ってからのことだった。

◇

セント・アイレ帝都奪還は、ルシフェルを撃破した僅か四日後に為《な》された。

ルーマックとエメラダ、そしてセルヴァンテスとヴァーディグリスを先頭に帝都に侵攻すると、残っていた悪魔の抵抗はほとんど見られず、ここまであっさり西大陸が進行されたのが理解しがたいほどの大楽勝だった。

セント・アイレ奪還に際し、エミリアは大した苦労をしなかった。

ルシフェルの側近となるような強力な悪魔は既に平野の大決戦でエメラダとオルバに撃滅されており、エミリアの役割といえば、特別に誂《あつら》えられた象徴的なデザインの金色の全身鎧《よろい》をまといながら、聖剣で全体に号令をかけた程度のことだ。

だがそれだけでも、魔王軍の将を単騎で屠《ほふ》った勇者がいるという事実が全軍の士気を上げに上げた。

今やエミリアの実力と威光を疑う者は教会にもセント・アイレにも一人としておらず、帝都奪還が為《な》されたその瞬間、エミリアはエメラダとルーマックのとりなしで、救出された皇帝と誰よりも早く謁見を許され、『勇者』として揺るぎない後ろ盾を得た。

全てがオルバが計画した『勇者誕生計画』の青写真通りに進み、実際そうなってみると、エミリアにもこの過程の必要性が強く理解できた。

だが、そのオルバが帝都奪還の祝勝空気の中に無い。

今もオルバは、聖地の法術《ほうじゅつ》病院で生死の境を彷徨《さまよ》っているのだ。

「大丈夫ですよ〜エミリア〜。あの古狸《ふるだぬき》が簡単に死ぬはずがありませんよ〜」

皇室が開催する帝都奪還の祝勝会を早々に辞したエミリアは、サンクト・イグノレッドに取って返す。

もちろんオルバの様子を知るためだ。

エメラダもそれに付き添い聖地に向かうと、法術《ほうじゅつ》病院の入り口で、見覚えのある女性聖職者が二人を出迎えた。

「あなたは、確か帝都にいた……」

「お二人のお着きをお待ちしておりました。実は、オルバ様が……」

エミリアが喉を絞るように息を呑《の》む。

「先ほど、目を覚まされました」

「ほ、本当っ!?」

「はい。オルバ様は三階の奥の部屋……あっ！」

エミリアが駆け出し、エメラダもその後に続く。

教えられた病室に飛び込むと、全身に包帯を巻かれ寝台に横たえられたオルバが、目だけで、だがはっきりとした意志でエミリアを迎えた。

「オル……バ……よかった、よかった……生き、生きて……」

エミリアは涙をこらえることができずオルバの寝台の傍《かたわ》らに崩れ落ち、エメラダもかすかに目を潤ませる。

「し……ぱいを…………させ……たな」

喉が焼けているのだろう。乾いた声でエミリアに優しく言った。

「本当……本当よ、なんで、あんな無茶……」

「まん……いちにも、おま……お前を、殺させる……げほっ……わけにはいかん、げほっ、がはっ！」

「ご、ごめんなさい！　まだよくなったわけじゃないのに……！」

咳込《せきこ》むオルバの様子にエミリアは慌てるが、オルバの担当らしい法術《ほうじゅつ》医は首を横に振った。

「御心配なさらないでください。オルバ様はすぐに全身回復法術《ほうじゅつ》を施す予定です」

「え、ええっ⁉　全身回復法術《ほうじゅつ》⁉　大丈夫なんですか！　体に負担なんじゃ……」

「オルバ様のご意志です。ルシフェルに勝利した今の勢いを失うわけにはいかない、仲間を待たせるわけにはいかない、と」

「オルバ……！」

「それじゃあ～、回復の暁には～サクサクっと他の大陸を開放する旅に出ていいってことですね～？」

「むろ……んだ。ルシフェルは、もう、……いな、い。消し炭に、なっ、た。私達は、勝つ」

オルバの、掠《かす》れているが力強い言葉にエミリアとエメラダも強く頷《うなず》き返した。

エミリアは心の底からオルバの無事を喜び、オルバも満身創痍《そうい》の状態でエミリアを安心させようと微笑《ほほえ》みかけていた。

これ以上望むべくもない、理想的な勝利の形に喜びを嚙《か》み締《し》めたエメラダの中に、

「消し炭……」

かすかな不安の種が芽吹く。

オルバが何気なく言った言葉が、脳内に引っかかった。

ルシフェルの巨大な魔力はあの爆発の後、完全に消失した。

だが、ルシフェルの死体は、もうどこにもない。

雲の上ほどの高空にいても容易に感じ取れる巨大な魔力を、帝都では何故《なぜ》、あれほど接近するまで気づけなかったのか。

もちろんルシフェルが上手《うま》い具合に隠していた、というだけなのだろうが、光鏡衣《こうきようい》を完璧

に用いるエメラダだからこそ、生命エネルギーを隠蔽することの難しさをよく分かっている。

そして、エメラダがその目で見たわけではないが、ルシフェルは地下牢《ろう》でガリウス達を欺くために、聖法気《せいほうき》と法術《ほうじゅつ》を用いてみせたという。

エメラダと法術《ほうじゅつ》監理院は、ルシフェルの監視下で法術《ほうじゅつ》を研究し、その成果を彼らに渡していた。

あの研究があれば、悪魔にも法術《ほうじゅつ》が使えるというのだろうか。

シルクの真っ白なテーブルクロスについたほんのかすかな染《し》みに気づいてしまったときのような、得も言われぬ違和感。

エメラダは、それを直視するべきか一瞬悩んだ。

だが。

「……まさか……ですよね」

生死の境をさまよったオルバと、そのオルバの生還を心から喜ぶエミリアにそんな疑問を呈するなど、さすがにいちゃもんが過ぎる。

エメラダも今だけは、人類が反攻の狼煙《のろし》を上げ、勝利を手にしたことを純粋に喜ぶことに決めたのだった。


―了―

あとがき　―― AND YOU ――

おっさんが話す『若い頃の話』とか『昔の話』って、『昔』の時間を共有してない人や世代の違う若い人には、マジで「そ、そおですかぁ……」という反応しかできなかったりします。

できるだけ理解したいと思いはするものの、やはり知識だけで知っていることと実体験で知っていることでは、その出来事を想起することで得られる感動が段違いです。

お久しぶりです和ヶ原聡司《わがはらさとし》です。そしてお久しぶりです『はたらく魔王さま！』の新刊『ES！』をここにお届けいたします。

和ヶ原《わがはら》は息子が生まれてすぐの頃、

「この子が大きくなったら絶対にファミコンからゲームをプレイさせよう」

と固く心に近い、事あるごとに昔のゲームの良さを語ってきました。

小学生になってゲームで遊び始めた息子は、ぎりぎりスーファミの配信ソフトをやってくれていますが、やはり最新ゲームの魅力には抗《あらが》えないようで、それでもなんとかファミコンの感動を伝えたい自分は、もう年寄りなんだなぁと思ったりしました。

本書は、日本で必死に生活する勇者がどのように生まれたかを描《えが》いたお話です。

遊佐恵美《ゆさえみ》ことエミリア・ユスティーナの冒険譚《たん》を明確に掘り下げるアイデア自体は、実は結構昔からあったんです。

ただ『はたらく魔王さま！』という物語が、真奥《まおう》が恵美《えみ》に負けて日本に流れ着いたことから始まっている以上、ネタバレとかそれ以前の問題になってしまうため、やろうと思ってはもっと良《い》い別アイデアが優先される、ということが続いていました。

ですが本編が完結し、アニメ2期セカンドシーズンが放送されている今だからこそ、遂《つい》にエミリアの過去の物語を表に出すことができました。

タイトルの『ＥＳ』は『エミリア・サーガ』の略ではありますが、魔王さま的には『エントリーシート』でもいいんじゃないかという気がしています。

『はたらく魔王さま！』という物語世界の大元の起点こそ『勇者エミリア』が誕生し、魔王と対になる存在として作品世界に降り立った瞬間です。

恵美《えみ》の過去の冒険の姿はこれまでに何度か描《えが》いてきましたが、仲間になる前のエメラダやオルバ、そしてこれまでで最も『悪魔』をやってる漆原《うるしはら》の姿など、本書で初めてお目見えする姿が目白押しです。

勇者と悪魔《あくま》大元帥《だいげんすい》達の遥《はる》か昔の、ですが最も新しい姿を楽しんでいただければ幸いです。

それではまた、次の物語でお会いしましょう！

◉和ヶ原聡司著作リスト

「はたらく魔王さま！1〜21」（電撃文庫）
「はたらく魔王さま！0、0-Ⅱ」（同）
「はたらく魔王さま！SP、SP2」（同）
「はたらく魔王さまのメシ！」（同）
「はたらく魔王さま！ハイスクールN！」（同）
「はたらく魔王さま！おかわり!!」（同）
「はたらく魔王さま！ES!!」（同）
「ディエゴの巨神」（同）
「勇者のセガレ1〜4」（同）
「スターオーシャン：アナムネシス -The Beacon of Hope-」（同）
「ドラキュラやきん！1〜5」（同）
「飯楽園—メシトピア— 崩食ソサイエティ」（同）

本書に対するご意見、ご感想をお寄せください。

ファンレターあて先
〒102-8177　東京都千代田区富士見2-13-3
電撃文庫編集部
「和ヶ原聡司先生」係
「029先生」係

本書は書き下ろしです。

電撃文庫

はたらく魔王《まおう》さま! ES!!

和ヶ原聡司《わがはらさとし》

2023年9月10日　初版発行

発行者　山下直久
発行　株式会社KADOKAWA
〒102-8177　東京都千代田区富士見2-13-3
0570-002-301（ナビダイヤル）
装丁者　荻窪裕司（META＋MANIERA）
印刷　株式会社暁印刷
製本　株式会社暁印刷

ISBN978-4-04-915145-9　C0193　Printed in Japan

電撃文庫　https://dengekibunko.jp/

電撃文庫DIGEST　9月の新刊

発売日2023年9月8日

魔王学院の不適合者14〈上〉
～史上最強の魔王の始祖、転生して子孫たちの学校へ通う～

著／秋　イラスト／しずまよしのり

世界を滅ぼす《銀滅魔法》を巡って対立する魔弾世界とアノスたち。事の真相を確かめるべく、聖上六学院の序列一位・エレネシアへ潜入調査を試みる――!!　第十四章《魔弾世界》編、開幕!!

ブギーポップは呪われる

著／上遠野浩平　イラスト／緒方剛志

県立深陽学園で流行する「この学校は呪われている」という噂は、生徒のうちに潜む不安と苛立ちを暴き暗闇へ変えていく。死神ブギーポップが混沌と無情の渦中に消えるとき、少女の影はすべてに牙を剥く――

はたらく魔王さま!　ES!!

著／和ヶ原聡司　イラスト／029

真奥がまさかの宝くじ高額当選!?　な日常ネタから恵美たちが日本にくる少し前を描いた番外編まで！『はたらく魔王さま！』のアンサンブルなエントリーストーリー！

ウィザーズ・ブレインX
光の空

著／三枝零一　イラスト／純 珪一

天樹錬が世界に向けて雲除去システムの破壊を宣言し、全ての因縁は収束しつつあった。人類も、魔法士も、そして大気制御衛星を支配するサクラも見守る中、出撃の準備を進める天樹錬と仲間たち。最終決戦が、始まる。

姫騎士様のヒモ5

著／白金 透　イラスト／マシマサキ

ギルドマスター逮捕に揺れる迷宮都市。彼が行方を知るという隠し財産の金貨百万枚を巡り、孫娘エイプリルにも懸賞金がかかってしまう。少女を守るため、ヒモとその飼い主は孤独に戦う。異世界ノワールは第2部突入！

怪物中毒3

著／三河ごーすと　イラスト／美和野らぐ

街を揺るがすBT本社CEO危篤の報。次期CEOの白羽の矢が立った《調薬の魔女》・蛍を巡り、闇サプリをキメた人獣や古の怪異が襲いかかる。零士たちはかけがえのない友人を守り抜くことはできるのか？

飯楽園―メシトピア―
新作 **崩食ソサイエティ**

著／和ヶ原聡司　イラスト／とうち

ジャンクフードを食べるだけで有罪!?　行き過ぎた健康社会・日本で食料国防隊に属する少女・矢坂ミトと出会った少年・新島は、夢であるファミレスオープンのため「食」と「自由」を巡り奔走する！

ツンデレ魔女を殺せ、と女神は言った。
新作

著／ミサキナギ　イラスト／米白粕

異世界に転生して聖法の杖になった俺。持ち主の聖女はなんと、長い銀髪とツリ目が特徴的な理想のツンデレ美少女で大歓喜！　素直になれない"推し"とオタク。それは異世界の命運を左右する禁断の出会いだった――？

僕が君と別れ、君は僕と出会い、
舞台《ものがたり》は始まる。
第29回
電撃小説大賞受賞作
電撃文庫
四季大雅
［イラスト］一色
TAIGA SHIKI
Illust: ISSHIKI
ミリは猫の瞳のなかに住んでいる
MILI LIVES IN THE CAT'S EYES
STORY
猫の瞳を通じて出会った少女・ミリから告げられた未来は、
探偵になって『運命』を変えること。
演劇部で起こる連続殺人、死者からの手紙、
ミリの言葉の真相――そして嘘。
過去と未来と現在が猫の瞳を通じて交錯する！
豪華PVや
コラボ情報は
特設サイトでCheck!!
電撃文庫

クセつよ異種族で行列ができる結婚相談所
～看板ネコ娘はカワイイだけじゃ務まらない～
五月雨きょうすけ
ill. 猫屋敷ぷしお
見習い秘書係のネコ娘、今日も頑張って、います！
第29回 電撃小説大賞 受賞作
電撃文庫
特設サイトを
check!!
STORY
訪れるのはワケあり相談者ばかり？
異種族同士の婚活って大変なんです！
ドタバタ婚活ファンタジー、はじまります!!
電撃文庫

命短し恋せよ男《だん》女《じょ》
余命1年でも
恋がしたい!!!
【著】
比嘉智康
Tomoyasu Higa
【イラスト】
間明田
Mamyoda
恋に恋するぽんこつ娘に、毒舌クールを装う元カノ、
金持ちヘタレ御曹司とお人好し主人公——
命短い男女4人による前代未聞な
余命宣告から始まる多角関係ラブコメ!
電撃文庫

夢を諦めクソみたいな大人になっちまった俺の人生。
全ての原因は中学時代のアイツ、初恋の彼女、
安芸宮羽純のせいだ——なんて愚痴っていた俺は、
事故に遭いなぜか中学時代へとタイムリープしていた。
初恋の彼女への
告白を、もう一度——
タイムリープで
あの夏の青春をやり直す——!
青春2周目の俺がやり直す、
ぼっちな彼女との
陽キャな夏
当時は冴えないモブ男子だった俺だが、
あっという間に理想の青春をやり直すことに成功!
あとは安芸宮と過ごした『あの夏』の事件の
真相を暴き、変えるだけのはずだったのだが——。
Story by igarashi yusaku
Art by hanekoto
五十嵐雄策
イラスト
はねこと
電撃文庫

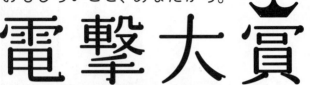